Kaivattu

Päivi Ollikainen

Kaivattu

Teokset:

Hyppy, pienoisromaani (2020)

Siivuja, antologia (Vantaan sanataidekoulu 2013). Novelleja ja runoja nimellä Päivi Ramstadius

© 2022 Päivi Ollikainen

ISBN: 978-952-80-6233-2

Kustantaja: BoD – Books on Demand, Helsinki, Suomi

Valmistaja: BoD – Books on Demand, Norderstedt, Saksa

Sisällys

I Kotipesä

Lapsuuden kepeä huolettomuus

Aikakone

Lumet ovat sulaneet pelloilta, kostea multa tuoksuu ja taivas kaartuu korkeana. On pääsiäislauantai. Isä on virittämässä keinua navetan vintille. Hän kiinnittää vahvat, karkeat köydet poikkihirsiin vintin kattoon, ja keinu on valmis.

Lapset ovat pyörineet malttamattomina isän ympärillä, he kisaavat, kuka pääsee ensimmäisenä testaamaan keinua. Jokainen vuorollaan, isä toppuuttelee, ja nostaa pienimmän tytön kyytiin. Pojat saavat potkia vauhtia itse, he eivät jarruttele. Keinu nouseekin huiman korkealle, vatsanpohjassa kipristää. Vintin leveät ovet ovat sepposen selällään, ja kun keinulauta heilahtaa eteen, ylös, näkymät aukeavat lavealle ja kauas peltomaisemaan.

Tätä hetkeä on odotettu – ja silti se tulee aina yhtä yllättäen. Kevät on täällä. Heilu, keinuni, hei!

Mäntysuovan tuoksu, veden loiskahtelu, auringon kimallus, etäämpää uimarannalta kuuluvat iloiset kiljahdukset. Katumajärven rannassa isä ja äiti vierekkäin kuuraavat kumpikin omaa, pitkää mattoaan, hartiat tiukkoina. Isän olkavarret paistavat hullunkurisen valkoisina, kun taas käsivarret ja niska ovat ruskeiksi päivettyneet. Äidin kaula punoittaa huolestuttavasti. Leveälierinen hellehattu suojaa poskia ja nenää, isän lippalakki on keikahtanut vinoon. Kun matot on pesty, isä pulahtaa veteen ja kauhoo muutaman pitkän vedon ulapalle päin. Äiti ei uskalla uida niin kauas, mutta virkistäytyy hänkin laiturin tuntumassa. Sitten he yhdessä huuhtelevat pitkät, painavat matot.

Isä on asettautunut viinimarjapensaiden väliin matalalle puupallille ja riipii helakanpunaisia marjoja astiaan, joka lepää hänen pohkeittensa välissä. Kesäillan pitenevät varjot, paljaita nilkkoja kutitteleva ruoho, korvan vieressä pörräävä kärpänen, ohiajavan junan suhahdus.

Mummolan kesäinen pihamaa, eno, täti ja rivi serkkuja keinussa varpaat paljaina, pöydällä sininen mehukannu. Koivunlehtien lomasta siivilöityvä aurinko, joka täplittää lasisen kannun pintaa.

Keinun metalliketjujen narina, raparperimehun kirpeys, vastaleikatun ruohon tuoksu. Navetassa mölähtelevät lehmät, joita täti kiirehtii lypsämään, joille hän huolekkaasti puhelee, kutsuen kutakin tämän omalla nimellä. Ja pian - liian pian - perhe pakkautuu Opel Kadettiin ja suuntaa kotia kohti. Hiekka vain pölisee kylätien kaarteissa, kun isä huolettomasti pyörittää rattia. Takapenkillä on ahdasta ja lämmintä. Vatsanpohjasta ottaa hauskasti, kun auto hurauttaa tutun mäennyppylän yli. Kypsän kaurapellon tuoksu tunkee avoimista sivuikkunoista sisään.

Syksyisen viljapellon kypsä kulta, mullan muheva tuoksu perunamaalla. Poltetusta, vielä kytevästä sängestä leviävä ohut, kitkerä savu, joka nostaa vedet silmiin. Oranssi Hankkijan lippalakki päässään isä harppoo äkeen vierellä, katse tiukkana, ja huutelee neuvojaan traktorin pärinän yli. Veli istuu Massey Fergusonin penkillä ja koittaa seurata ohjeita. Omasta mielestään hän kyllä jo osaa eikä tarvitsisi isän opastusta.

Sisarukset karauttavat navetan ajosiltaa ylös käsissään tyhjät apulantasäkit. Ajosillalta saa hyvät vauhdit ja säkki on luistava alusta, jolla voi laskettella pitkälle. Muovisäkki liukuu kovaksi ajettua lumista mäkeä kevyesti, vauhtia riittää viereiselle pellolle asti. Ohut liukuri ei tosin säästä laskijaa mäen muhkuroilta, mutta se on osa hauskuutta. Alamäessä voi laskija pyörähtää äkkiä selkä menosuuntaan, törmätä toiseen tai ohittaa tämän. Naurua, nahistelua, kiljahtelua.

Kisa jatkuu, kunnes tulee pimeä. Navetan ovi käy, valokiila heittyy talviseen iltaan. Isän hahmo kulkee tuvalle päin, on iltaruuan aika. Kamala nälkä, lapset havahtuvat. Koko revohka rymistää sisään tupaan, ja ripustaa lapasensa ja piponsa kuivumaan. Niistä putoilee kohmeisia lumipaakkuja, jotka sulavat uunin päälle.

Katson valokuvaa, joka on otettu äitini viisikymmenvuotispäivänä. Naurusuin hän nousee upouuden, punaisen pyörän satulaan, kesäleningin helmat heiluen. Isä hymyilee muikeana, hänellä on pulisongit, kauluspaita ja solmio, ja hän pitää pyörän tarakasta kiinni kuin tukeakseen, tai antaakseen vauhtia. Tasaiseksi ajettu pihanurmi hehkuu heinäkuun auringossa. Tajuan olevani jo samanikäinen kuin äitini tuossa kuvassa, enemmänkin. Se tuntuu oudolta.

Otan käteeni toisen, mustavalkoisen valokuvan. Istumme siinä kaikki tiiviisti sohvalla. Kuopus kastemekossaan äidin sylissä, toinen pikkusisko isän polvella, pikkuveljet keskellä ja minä laitimmaisena, samettimekossani ja polkkatukka kammattuna. Katson kameraan ja hymyilen tutulle kuvaajalle.

Lapsuuden kepeä huolettomuus

Arjen ja pyhän tasainen virta
tuttu päivärytmi
    viikkorytmi
        pienet ja isommat askareet
            vuodenaikojen vaihtelu

Lapsen luottamus isän ja äidin toimiin
    läsnäoloon
        osaavuuteen
turvaan

Miten paljon olenkaan heiltä saanut

Osaanko ikinä olla yhtä aikuinen?

Jos voisin nousta aikakoneeseen
pyörtäisin pois
aikuisuuden vaativasta ikeestä

Mutta se ei ole mahdollista

En voi vaihtaa
takaisin lapsen osaan

Serkukset

Liisa istuu tuvan pitkällä penkillä, heiluttelee sääriään ja nauraa leveästi. Hänellä on valkoiset lettinauhat, punaruutuinen, äidin ompelema mekko ja sukkahousut, jotka hän on aamulla pukenut ylleen. Saunapäivän jälkeen on inhottavaa kiskoa kireät sukkahousut jalkaan. Sormet menevät aina hikisiksi, ja niihin nousee ihottumaa, joka kutiaa. Mutta tänään on pyhäpäivä ja iloinen mieli, sillä kylässä on serkkuja, joista Liisa kovasti tykkää. On useitakin serkkuja, joiden luokse voidaan mennä sunnuntaikylään, tai jotka tulevat heille. Riittää, kun äiti pirauttaa jollekulle enolle tai tädille. Mutta nämä serkut asuvat kauempana, ja heitä tapaa siksi vain harvoin.

Serkut istuvat puisella penkillä Liisan ja hänen pikkuveljiensä vieressä, pullanmurusia varisee mekonhelmasta lattialle, ja toisen veljen poskessa on mehutahra. Serkkutytöillä on myös yllään sukkahousut ja mekot, kaulassa pienet, värikkäät helmet. Hiukset on leikattu lyhyiksi. Syksyllä Liisa aloittaa koulun ja sitä ennen myös hän saa polkkatukan. Sitten ei äidin enää tarvitse letittää hänen liukkaita, helposti takkuuntuvia hiuksiaan. Niiden kampaaminen nipistää aina päänahassa ikävästi ja nostaa vedet silmiin, vaikka äiti koittaakin selvittää takkuja hellävaroen.

Pöydän päädyssä istuu äiti, päällään kukikas pyhäessu, ja penkillä pöydän takana eno ja täti, sekä pienimmät sisarukset. Eno on puhelias, oikea huumoriveikko, ja hänen sanailunsa ja kiusoitteleva naurunsa höystää kahvinjuontia. Hän on äidin pikkuveli, mutta Liisan mielestä heissä ei juurikaan ole samaa. Äiti on paljon säyseämpi ja tasaisempi, eno taas vallaton, jopa ilkikurinen. Liisaa hiukan ujostuttaa enon seurassa. Oma isä on ihan erilainen.

Isä on kahvit hörpättyään noussut pöydästä. Hän napsauttaa telkkarin auki ja tokaisee suupielestään, kuin muina miehinä: "Jaahas, se onkin sitten kova paikka Norjan pojilla! Jokohan Susi-Kalle tänään ottaa mitalin?"

Kisalähetys valtaa tuvan koko mustavalkoisen ruudun täydeltä, ja miehet asettuvat asemiin kotikatsomon parhaille paikoille. Selostajan ääni nousee ja laskee kiihtymystä tihkuen. Isä ja eno seuraavat tilannetta silmä kovana ja arvioivat suomalaishiihtäjien mahdollisuuksia.

"On se vaan melkoinen menijä se Oikaraisen Kalevi, ennätyksen hiihti kympilläkin!"

"Mäntyranta on kanssa aika konkari, vielä se nuoremmilleen näyttää."

Myös naisväki liittyy pian jännittämään kisoja. Kahvipöydän he kuitenkin siivoavat ensin.

Lapset pyrähtävät yläkertaan. Serkkujen mielestä puiset, kapeat portaat ovat jännittävät. Heidän kaupunkikodissaan ei ole sellaisia. Portaita pitää kiivetä peräkanaa, ja varsinkin alaspäin on tultava varovasti, etteivät sukat luista. Puolivälissä rappusia on matala ikkuna, josta voi tähystää pihamaalle, ja nähdä vaikka lipputangossa liehuvan Suomen lipun. Nyt on kuitenkin jo iltapäivän hämärä, eikä tänään ole lippua salossa, koska on tavallinen sunnuntai.

Liisa ja tyttöserkut leikkivät kotia. Liisan pikkusiskot saavat toimittaa lemmikkikoiran ja kissan virkaa; varsinaiset puheroolit eivät heille kuulu. Nuorin ei osaa vielä montakaan sanaa, mutta sopii kissaksi oikein hyvin. Nukenpeittoa siskon päälle asetellessaan Liisa silittelee pikkukisua rauhoittavasti. Haluatko maitoa, hän höpöttelee, ja lähtee alakertaan hakemaan pientä asettia. Sillä välin serkut pukevat ja riisuvat Liisan uutta nukkea. Se osaa sulkea silmänsä ja sen ruskeat hiukset kihartuvat kauniisti.

Illalla serkut pakkautuvat perheensä autoon ja vilkuttavat hyvästiksi. Liisa jää katsomaan Volvon loittonevia perävaloja. Kunpa joskus voisi päästä yökylään, hän haikailee. Tai ihan koko päiväksi serkkulaan - mentäisiin jo syömään, sitten saisi leikkiä monta tuntia, juoda mehua ja syödä kakkua ja jäädä ehkä vielä iltaruualle. Se olisi ihanaa!

Mutta Liisa tietää, ettei se ole mahdollista. Isän ja äidin pitää hoitaa navettatyöt joka aamu ja joka ilta, ihan kaikkina viikonpäivinä. Eikä lypsyjen välissä ehditä ajaa kovin kauas. Aina on tultava illaksi takaisin.

Kotivalo

Kylmänkankea ruoho rahisee jaloissa, Soile yrittää hiipiä kevyemmin, ettei ääntä kuuluisi. Pihaa reunustava kuusiaita kohoaa tummana, jokunen tähti tuikahtaa syystaivaalla. Etelästä päin lähestyy pikajuna, ja kun se ohittaa talon, ikkunoiden valot läikittävät hetkeksi pihamaata.

Soile työntää kohmeiset sormensa syvemmälle taskuihin, sydän jyskyttää takin sisällä. Hän tähystää leikkimökin takaa hengitystä pidättäen. On hipihiljaista.

Navetan ovi aukeaa, pihamaalle karkaa kapea valokiila ja maidonjäähdyttimen vaimea hurina. Äiti astelee soratietä pitkin tuvalle päin ja hyräilee. Hän ei ole huomaavinaan lapsia, jotka painautuvat piiloon pensaiden varjoihin, saunan nurkalle tai mattotelineen taakse. Jostain kuuluu tukahdutettua hihitystä.

Piilossaolijat väijyvät toisiaan valppaina kuin intiaanit. Kenet löydetään ensin, kuka ehtii juosta turvaan, kenet napataan. Odotus kihelmöi sormissa ja varpaissa. Veri korvissa kohisten Soile

17

hiipii talon päätyyn ja tiirailee kaula pitkänä, näkyykö ketään.

Soile haluaisi olla oikea intiaani: navajo, delaware tai cherokee – jo nuo sanatkin maistuvat kiehtovilta. Hän on ahminut kaikki intiaanikirjat, joita kirjastoauton hyllyistä on löytänyt. Hän on Haukansilmä tai Hiipivä karhu, jaloissaan pehmeät mokkasiinit, vyötäisillä tomahawk ja kaulallaan nahkanauhasta roikkuva karhun kynsi. Nopea, vahva, taitava, nuori soturi, joka liikkuu äänettömästi ja pelottomasti.

Kohta Haukansilmä hyppää villin mustanginsa selkään, tarttuu sen karheaa harjaan ja he kiitävät preerialla vaaroja uhmaten. Ahneet, petolliset valkonaamat ovat vihollisia, jotka ovat tunkeutuneet heidän mailleen. Mutta intiaanit eivät taivu, eivät alistu.

Karviaispensaiden välissä huojahtaa matala hahmo. On aika ryhtyä toimintaan. Soile hivuttaa taskulampun taskustaan. Hän odottaa sopivaa hetkeä, jolloin voi väläyttää häikäisevän valokeilan vasten toisen naamaa. Tai suunnata valon omiin kasvoihinsa leuan alta niin että ne vääristyvät vieraiksi. Temppu on yllättävän tehokas ja tepsii ainakin pikkusiskoihin. Myös hän itse hätkähtää, kun oudonnäköiset, kammottavasti puoliksi valaistut kasvot ilmestyvät keikkuen eteen. Veljen ilkikurinen nauru paljastaa tämän. Ja taas juostaan!

Viileässä illassa tuoksuu perunamaan kostea multa, viereisen viljapellon laonneet oljet ja pihlajanmarjojen kirpeys. Syksyn oma mausteseos. Kesän paksu, melkein äitelä makeus on väistynyt happamampien, terävämpien tuoksujen tieltä.

Soile pysähtyy hengästyneenä keskelle pimeää pihamaata. Miten kirkkaasti erottuukaan tuvan iso ikkuna ja sieltä loistava kotivalo?

Tuvassa lampun alla, hellan ääressä seisoo äiti, joka esiliina edessään hämmentää ruokaa. Hellalla höyryää paistinpannu ja sen käryssä rasvaiset paistinperunat ja makkarasiivut. Niiden herkullisen maun voi jo tuntea kielellään. Kuin lumoutuneena Soile katsoo hetken tuota lämmintä, kutsuvaa valoa tuvan ikkunassa. Vatsassa kurnahtelee.

Pitkin pimentyvää pihaa on juostu taskulamput välkkyen, hiivitty navetan tai talon nurkissa, ajosillan tai halkopinon takana. On kytätty toisia sydän tykyttäen ja hihkuttu, kun jonkun piilo on paljastunut. Nyt kaikilla alkaa olla sudennälkä.

Syömään! Soile hihkaisee niin että ääni kimpoilee navetan kiviseinistä. Muuta ei tarvita. Sisarukset karkaavat kukin piiloistaan esiin. Posket punaisina koko katras melskaa sisään. Takit, hanskat ja pipot viskataan naulakkoon tai uunin päälle lämpiämään.

Soile rientää äidin avuksi laittamaan astiat pöytään. Penkit molemmin puolin pitkää ruokapöytää täyttyvät nopeasti. Äiti asettuu pöydän hellanpuoleiseen päätyyn. Isä on myös saanut navettatyöt tehtyä ja astuu tupaan. Verkkaisesti hän riisuu saappaat ja flanelliset saapasrievut, ja ripustaa ne uunin päälle kuivumaan. Hän käy napsauttamassa radion päälle ja istuu myös pöytään.

Pimeys ikkunan takana on sankkaa, lasiin heijastuvat ruokapöydässä istuvien hahmot. Sisällä lampun valossa on lämmintä ja rasvankäryistä.

Puheenpulina, aterimien kalina ja moniääninen maiskutus täyttävät tuvan. Paistinperunat ja makkarat katoavat ripeästi nälkäisiin vatsoihin. Pappa jäystää hartaana hiivaleipää lähes hampaattomilla ikenillään. Isä nousee pöydästä ensiksi, röyhtäisee ja vetäytyy sohvalle sanomalehden taakse. Radiouutisten jälkeen tulee säätiedotus ja iltahartaus. Puhujan särisevä ääni peittyy astioiden kolinaan. Likaiset lautaset, lasit, haarukat ja veitset kasataan röykkiöiksi tiskipöydälle. Äiti on laittanut ison kattilallisen vettä hellalle kuumenemaan. Hän ottaa tiskivadin esiin ja huuhtoo astioista päällimmäiset ruuantähteet.

Tuvan seinäkello lyö puoli kahdeksan, mummo siirtyy virkkuutöineen keinutuoliin ja pappa kammariinsa. Isä lähtee kuivittamaan lehmiä. Yläkerrasta kantautuu äänten sekamelska vaimeana. Läksyt on kai jo tehty aiemmin. Iltauutisten jälkeen televisiokin suljetaan.

Tunnin, parin päästä talo laskeutuu yöhön, äänet hiljenevät ja valot sammutetaan. Kun aamu sarastaa, lamput jälleen syttyvät; ensin tupaan, sitten navettaan.

Uusi päivä valkenee, sen askareet odottavat.

20

Viikon taitoskohta

Lauantai on viikon siivouspäivä. Se on myös lei-
pomispäivä; jo aamusta on tuvassa tohina päällä.
Mummo puhdistaa leivinuunia, äiti alustaa ensin
hiivaleipä-, sitten pullataikinaa. Kohoavan taikinan
tuoksu leviää pian tupaan, leivinpöytä vedetään
esiin kuohkeanvaalean taikinamassan pyörittelyä
varten. Yhdeksän, puoli kymmenen maissa isä koput-
telee harjan varrella kattoon.

"Pojat, ylös jo, ei maata koko päivää", hän ho-
puttaa yläkerrassa nukkuvaa jälkikasvua.

On olkien ajoa, puiden sirkkelöintiä tai hellapui-
den kantoa tupaan, aina jokin askare odotta-
massa. Kohta rapuissa tömisevät askeleet ja aa-
muäreät veljekset ilmestyvät pöydän ääreen hiuk-
set pörrössä. Aaro kaataa kannusta kermaista
maitoa lasiinsa, Kalevi siivuttaa edamia leivälleen
ja mutisee:

"Miksei täällä saa edes vapaapäivänä nuk-
kua?"

21

Heti kun pöytä on siivottu, tuvan pitkät matot rullataan lattialta ja viedään pihalle. Leipien noustessa äiti ja isä puistelevat raskaimmat matot yhdessä. Yläkerran matot ovat kevyempiä. Tytöt ravistelevat tyttöjenhuoneen pikkumatot, pojat omansa. Petivaatteet tuuletetaan ikkunasta.

Naisväelle riittää sisällä töitä: ruuanlaittoa, pöydän kattamista ja tyhjentämistä, tiskaamista, leipomista, tuvan siivousta. Puolen päivän aikaan syödään eilistä lihasoppaa tai paistinperunoita ja kastiketta, jälkiruuaksi voi olla marjakiisseliä tai pihkamaitoa. Sitten on vuorossa pöydän raivaus ja astioiden tiskaus, joka lauantaisin usein lankeaa Virpille, sisarussarjan vanhimmalle. Virpi nostaa kuuman vesikattilan hellalta ja kaataa veden varovasti vateihin. Välillä pitää pyyhkäistä hikipisara rasvaiselta otsalta. Leivinuuni hohkaa lämpöä kaikkialle tupaan.

Kun mummo ja pappa ovat siirtyneet kamariinsa ruokalevolle, ja kaikki muutkin joutilaat on hätistetty pois jaloista, käy tuvan siivous helpommin. Virpi konttaa pitkin siniharmaata lautalattiaa ja pusertaa kosteaa pesurättiä käsissään. "Joku nykyaikaisempi siivousväline olisi kiva", hän puhisee lattiaa pyyhkiessään.

Äiti on työntänyt pyöreitä hiivaleipiä leipälapiollisen toisensa perään hehkuvaan uuniin, ja vetänyt sieltä ne kauniin kullanruskeina ulos. Leipien jälkeen vuorossa ovat pullapitkot ja pikkupullat. Tuittu ja Sissi ovat myös päässeet leivinpöydän ääreen askaroimaan. Posket sokerisina, keskenään kikatellen tytöt taputtelevat aikaansaannoksiaan. Äiti koittaa toppuutella näiden ilakointia, turhaan. Hän pyyhkäisee toisella kädellään huivia suoremmaksi, poskeen jää jauhoinen raita. Viimeinen pellillinen uuniin, kohta voi hetken huokaista.

Pikkusiskot karkaavat hetkeksi yläkertaan, hälinä häviää kapeisiin portaisiin. Virpi poimii lehtihyllystä Pellervon ja alkaa täyttää ristikkoa. Puolisen tuntia vielä, sitten voi kattaa kahvikupit pöytään ja pääsee maistamaan tuoretta pullaa. Mutta sitä ennen haetaan raikkaat matot tupaan ja levitetään puhtaalle lattialle.

Tämä on lauantaipäivän paras kohta. Tähän kulminoituu kaikki.

Lauantai on samalla koko viikon taitoskohta: työ vaihtuu levon puolelle. Saunassa pestään viikon liat ja hiet, laskeudutaan pyhäpäivän viettoon.

Heti kahvin jälkeen alkaa saunan lämmitys, vesien ja puiden kanto, tulien laitto vesipadan ja kiukaan alle. Pojat hoitavat saunahommat vuoroviikoin. Heitä harmittaa, jos samaan aikaan tulee urheilua teeveestä. Aika usein sitä tulee. Kesäisin tennistä, yleisurheilua, jalkapalloa, talvisin jääkiekkoa, hiihtoa, mäenlaskua. Kalevan kisoja, Suomi-Ruotsi -maaottelua, olympialaisia, ja kaikkea siltä väliltä. Tuvassa on kisakatsomo aina, teeveen kanavavalinta on selvä. Intohimoisin penkkiurheilija on isä, mutta navettatöistä hänkään ei luista.

Perhe on iso, joten saunojia riittää moneen vuoroon. Löylyä lyödään useampi tunti peräkkäin. Kylmävesisaavia täytetään illan edetessä, jos näyttää siltä, että vesi uhkaa huveta ennen aikojaan. Vettä saa pihakaivosta helposti lisää. Piipahdus pihalle kesken löylyttelyjen virkistää mukavasti. Talvisaikaan aikuisetkin pyörähtävät lumessa jäähdyttämässä kuumaa nahkaansa. Tontin laidalla parinsadan metrin päässä kulkee junarata. Lapset kirmaavat usein kuin pikajuoksijat ylikäytävälle ja takaisin. Ohiajavan junan ikkunoista valot heijastuvat neliöinä tummaan iltaan.

Yksi toisensa jälkeen pukuhuoneesta astuu puhtaita, punanahkaisia perheenjäseniä iho höyryten, kylpytakeissaan tai pelkkä pyyhe lanteilla. Pihapolulla voi hetken vilvoitella, loppukesän kostea nurmi viilentää varpaita tai pakkanen kirpaisee poskia.

Isä ja äiti saunovat viimeisinä, sitten kun päivän työt on tehty. Iltaruoka on syöty seitsemältä, sen jälkeen enää tiskit ja lehmien kuivitus. Nämä rytmittävät jok'ikistä viikonpäivää, oli arki tai pyhä. Sauna on odotettu nautinto, palkinto viikon uurastuksesta. On ihanaa oikaista koipensa ylälauteella tai antautua selänpesuun.

"Ohhoijaa", äiti huokaisee voipuneena, astuessaan froteinen, punaraidallinen kylpytakki yllään tupaan. Hiukset ovat märkinä sikkarat, posket kuumottavat vielä ja iho puskee jälkihikeä.

"Nyt kyllä jaffa maistuu", hän sanoo, tarttuu kiitollisena isän tarjoamaan lasilliseen ja istahtaa alas. Television iltauutisten tunnus pyörähtää ilmoille ja Heikki Kahilan ystävälliset kasvot toivottavat katsojille hyvää iltaa.

24

Tasaisen tapahtumaton, pitkä sunnuntai-iltapäivä. Päiväruoka on syöty, perheenjäsenet vetäytyneet kuka minnekin. Isä kuorsaa kovalla sohvalla vaimeasti. Tuvan toisessa päässä äiti tiskaa. Astiat kolahtelevat, äiti hyräilee radiojumalanpalveluksessa kuultua virttä. Radio ei ole enää päällä. Keskipäivän mietelauseen, uutisten ja merisään jälkeen se on napsautettu kiinni.

Tuvan seinäkello raksuttaa. Mummo on väistynyt ruokalevolle omaan kammariinsa. Vain virkkuutyö penkin päässä pöydän takana muistuttaa mummon vakiopaikasta. Mutta nyt hän ei siinä istu, ja ilma on kevyempää hengittää.

Virpi selaa pöydän ääressä lehtiä, pinoaa vanhentuneet numerot sivuun. Hän vilkaisee samalla päivän tv-ohjelmat. Tulisikohan tänään jokin kiinnostava elokuva? Sellainen, jonka kanssa samaan aikaan ei olisi urheilua. Koska urheilu voittaa aina, muut jäävät kakkoseksi. Ei kannata edes aloittaa toista ohjelmaa, isä vaihtaa varmasti urheilukanavalle.

Ehkä myöhemmin illalla tulee joku hyvä sarja, Bonanza, Columbo, Kuuden miljoonan dollarin mies tai Merilinja. Kunpa joskus saisi yksin katsella ohjelmaa, upota tunnusmusiikin pyörteisiin, sulaa viiksekkään sankarin tummaan katseeseen. Mutta sellaista tilaisuutta ei ole kovin helposti tarjolla. Tuvassa on aina muita paikalla. Virpi huokaisee ja laittaa lehdet takaisin telineeseen.

Raukeat, hitaat sunnuntait valmistavat arkisen viikon alkuun. Iltaa kohti on kaivettava läksykirjat esiin. Virpillä on alkuviikosta saksan sanakoe ja historian koe: toinen maailmansota, akselivallat ja

25

liittoutuneet. Hän kertaa saksan epäsäännölliset verbit, kokeilee, joko muistaisi ne ulkoa. Sanakokeeseen voi onneksi lukea vielä välitunnilla. Mutta maanantaina on matematiikkaa ja sen kanssa hän takkuaa. Tekisi mieli ottaa neuletyö esiin. Mutta Virpi tietää, ettei äiti katso sitä hyvällä. Onhan sunnuntai lepopäivä, eikä silloin sovi tehdä käsitöitä, ei peltotöitä, ei mitään muuta kuin välttämättömät askareet. Vain perhe ja karja pitää hoitaa, tietenkin. Muista pyhittää lepopäivä.

Virpi työntää kirjat sivuun ja päättää lähteä ulos. Iltapäivä on vasta valumassa kohti iltaa, taivas punertaa hiukan. Virpi kiihdyttää askeleita kevyeen hölkkään, nousee hiekkatietä ylös mäkeen, sieltä oikealle, kylälle päin. Hän aikoo käydä kysymässä Annelia, lähtisikö tämä kävelylenkille. Ystävä on valmis, ei hänkään jaksa päntätä läksyjä.

Tytöt tarpovat tuttuja kyläteitä, kiertävät paloaseman kautta hiekkakuopan ohi, polkua pitkin harjulle, sieltä kansakoululle ja takaisin. Puhuvat koulusta ja pojista, seurakunnan jutuista, kotiasioista.

Annelilla on veli ja sisko, vanhemmat ja mummo, joka myös asuu heillä. Annelin mummo on pieni, hiljainen ja kuivakka, aivan erilainen kuin Virpin mummo. Silti molemmilla on jokin näkymätön valtikka, jolla he hallitsevat poikiaan ja näiden perheitä. Tämä on asiaintila, joka ärsyttää sekä Annelia että Virpiä ja saa heidät tuntemaan suurta voimattomuutta.

Virpin mielestä Annelin kotona on tiukka kuri. Lapsilla on pitkä lista kotitöitä, eikä niistä luisteta.

Kaikki tehdään viimeisen päälle, vastaan ei ole sanomista. Annelin äidin suu on usein pelkkänä viivana ja äänessä metallia. Mutta isän kainaloon tyttö voi sujahtaa, milloin haluaa. Niin Anneli on kertonut. Ajatella, että Annelin isä ottaa noinkin ison tytön syliinsä. Silittelee tämän pitkiä hiuksia, ehkä sanoo jonkin hellän sanan.

Tytöt kävelevät tunnin, pari käsikynkkää, vetävät sisuksiinsa raikasta syysilmaa ja tallentavat ruskan värejä sieluunsa. Kotona kuvat siirtyvät puuväreillä paperille, ehkä langoilla kirjontatyöhön tai neuleeseen. Iltahämärissä voi myös syntyä runo tai laulunpätkä. Suljetun oven takaa kuuluu hiljaista kitaran näppäilyä tai huuliharpun kaihoisa sointi.

II Matkan päästä

Irtoamisen kipu tuntuu enää hetken

Laturetki

Talvi-ilta hämärtyy hiljakseen, lumisen peltomaiseman yllä taivas muuttuu utuisen siniseksi. Latu sukeltaa metsän siimeksestä, valkokuorrutteisten kuusten keskeltä avaralle pellolle. Tuulia seisahtuu hetkeksi ja nojaa sauvoihinsa. Ei mitään käsitystä siitä, missä hän on, miten kaukana koululta ja asuntolasta.

Hän on rauhalliseen tahtiin hiihdellyt jo hyvän tovin hiljaisessa metsässä, seurannut latua ja halunnut katsoa, mitä seuraavan mutkan tai mäen takana on. Tuulia on hengitellyt lumen tuoksua ja antanut ajatusten vaellella. Koulupäivän jälkeen tämä tekee hyvää. Kaiken puuhailun ja keskittymisen, ihmisten iloisen hälinän uuvuttamana hän on kaivannut yksinoloa. Omaa rauhaa ei asuntolassa ole tarjolla; hiihtoladulla on. Metsä imee kaikki äänet, vain oravan huiskaisu silloin tällöin kuusen lumisella oksalla on paljastanut, ettei hän ole aivan yksin.

Mutta nyt hän ei tiedä, mihin on hiihtänyt. Tämä seutu ei ole tuttua, eikä hän ole perillä siitä, montako kilometriä vielä on edessä. Milloin tulee vastaan jokin tunnistettava maamerkki? Nuoskalumi paakkuuntuu suksen pohjiin ja hiihtäminen tuntuu raskaalta.

Pelon häivähdys käy Tuulian mielessä: entä jos hän ei jaksa takaisin? Jos verensokeri laskee liian alas ja hän menee insuliinishokkiin. Niin ei ole vielä koskaan käynyt, mutta vaara on todellinen, hän tietää sen.

Miten ihmeessä voi olla, ettei hän taaskaan osannut ottaa varaevästä mukaan? Tai otti kyllä, mutta ei riittävästi. Välipalapatukka on syöty. Taskuissa ei ole enää mitään, ei edes yhtä rusinaa.

Tuulia sadattelee typeryyttään. Samalla hän vakuuttaa itselleen, ettei mitään hätää ole. Ei voi olla. Ei tämä mikään Lapin erämaa ole, ei sentään. Asutusta on kuitenkin lähellä, tuollakin pellon ja metsän rajassa erottuu muutama talo. Uutta puhtia saaneena Tuulia lähtee hiihtämään hämärästä piirtyviä taloja kohti.

Kaksi sievää punaista mökkiä seisoo kivenheiton päässä toisistaan. Vähän matkan päässä on kolmas, isompi, vaaleankeltaiseksi rapattu talo. Kodikkaat valot tuikkivat tupien ikkunoissa, vieraissa keittiöissä ruutuverhojen takana. Tuuliaan iskee tuttu ikävä tuohon lämpöön, mökissä asustavan mummon tai papan leppoisaan jutusteluun, ryppyisiin käsiin, jotka puristavat keinun käsinojaa. Kahvikuppien kilinään, liedeltä nousevaan höyryyn, kastikkeen tuoksuun, limpun siivuun leipäkorissa, kissan latkutukseen, kun se pienellä karhealla kielellään lipoo maitoa lautaselta hellan edestä. Ikävä tuohon tuntemattoman tuvan lämpöön ja valoon, vieraiden ihmisten luo.

Tuulialla on oma mummo ja pappa kotipuolessa, elossaolevat isovanhemmat parinsadan kilometrin päässä, mutta ei hän heitä ikävöi. Hän haluaisi aivan toisenlaisen mummon; herttaisen, hymyilevän, kuuntelevan, sellaisen, joka vetäisi syliinsä ja lausuisi viisaita sanoja lempeästi lapsenlapselleen. Ei hän tiedä, miksi tai miten, mutta sellaista mummoa tai pappaa hän kaipaa.

Tuulia nostaa sukset nojaamaan punaisen mökin seinustalle, pudistelee lumet monoistaan ja koputtaa ovelle. Hän aikoo pyytää pientä palaa leipää tai jotain, jolla jaksaisi loppumatkan. Hän ei välitä siitä, miltä näyttää tai mitä hänestä ajatellaan, torjutaanko hänet tai avataanko ovea edes. Nyt ei ole muuta vaihtoehtoa.

Vanha kumara mies avaa oven, miehellä on harmaa parransänki, virttynyt villapaita ja ystävälliset silmät. Tuulia selittää asiansa, ja mies kutsuu hänet sisään.

Tuvan suloisessa lämmössä Tuulia riisuu kohmettuneet lapasensa ja kuorii anorakin yltään. Hiestyneet letit karkaavat pipon alta. Hän kertoo olevansa Hämeestä kotoisin, ensimmäisen vuoden opiskelija paikkakunnan kotiteollisuuskoulussa. Tuoreesta diabeteksestaan hän ei kuitenkaan puhu, sanoo vain olevansa väsynyt ja nälkäinen, ehkä eksyksissä.

Pappa tuo pöytään komean limpun, kakon, kuten vaaleaa leipää täälläpäin kutsutaan, lisäksi voita ja pätkän sipulimakkaraa. Makkarasta hän

33

leikkaa paksun siivun, jonka laittaa leipäviipaleelle Tuulian eteen. Syö, tyttö hyvä, niin jaksat, pappa kehottaa ja käy itse keinutuoliin. Tuulia tarttuu leipään ja haukkaa rasvaista makkaraa mukisematta. Kamarissa radio soittaa hartaita säveliä. Ilta ikkunan takana on pimentynyt. Raukeus on valahtanut jäseniin ja Tuulia joutuu taistelemaan itsensä liikkeelle. Kintaat ovat vielä nihkeät, mutta ei auta. Ladulle vaan ja kotia kohti. Kiitettyään vielä leivästä ja lämmöstä Tuulia kopistelee mökistä, noukkii suksensa rapun pielestä ja tarttuu sauvoihin.

Kilometrejä ei tuosta enää viittä enempää liene, kunhan et lähde vikasuuntaan, pappa opastaa. Hän on tullut rappusille hyvästelemään.

Tuulia heilauttaa kättään ja kääntyy menemään. On kevyt, samalla jotenkin hämmentynyt olo. Tuvan lämpö ja papan tuikkivat, turvalliset silmät saattelevat Tuuliaa, kun tämä suuntaa pimeälle ladulle.

Lähtemisiä

Syksyinen perjantai-iltapäivä alkaa hämärtyä, vettä vihmoo laiskasti keittiön ikkunaan. Raskaat pilvet pimentävät maisemaa entisestään. Alhaalla kadulla neljän ruuhka sykkii levottomana, liikenneympyrä sylkee eri suuntiin autoja ja busseja ja niissä koteihinsa kiiruhtavia ihmisiä. Helena siirtää ikkunaverhoa sivummalle ja heilauttaa kättään, vaikka tietää, ettei alhaalla kadulla kulkeva poika sitä näekään. Hän antaa katseensa seurata nuoren kulkua hetken. Pojan askel on tasainen, rento, vetävä, ja se vie häntä määrätietoisesti eteenpäin. Iso musta urheilukassi kevyesti olalla keikkuen, kuulokkeet korvillaan poika ylittää suojatien, kääntyy ja katoaa alas aseman alikulkukäytävään. Kohta pikajuna poimii pojan kyytiinsä. Sitten hän on mennyt.

Jokin outo tunne häilähtää Helenan rinnassa. Ilo, ylpeys, onni nuoren puolesta - hän astelee omaan elämäänsä. Vielä osittain poika toki on kodissa kiinni, vaikka ei ehkä haluaisikaan. Vielä hetken hän tarvitsee vanhemman apua tai jotakuta, jolta vaatia vastauksia, johon voi purkaa kiukkua, pettymystä ja turhautumista.

Mutta samaan aikaan edessä aukeaa uutta, sellaista, josta vain poika voi ottaa selvää, jota kohti mennä ja johon tarttua. Hän tekee omat valintansa itse. Tie uuteen, tuntemattomaan on ainoa, joka on olemassa. Kasvun ihme tämäkin, Helena tuumii.

Yllättäen haikeus viiltää sisimpään. Mieleen tunkee väkevänä muisto muutaman vuosikymmenen takaa. On alkusyksyn sunnuntai-ilta, ja taas aika lähteä junalle ja suunnata kohti opiskelupaikkakuntaa. Kotoisten viljapeltojen kypsä kulta, mullan muheva tuoksu perunamaalla hyväilevät lempeästi nuorta lähtijää.

Mukaan on pakattu äidin leipoma tuore hiivaleipä, purkillinen keitettyjä punajuuria tai pala munajuustoa, Helenan herkkuja kaikki. Kassissa puhtaita vaatteita, lisäksi paksumpia tamineita viilenevien säiden varalle. Paikkakunnalla on hyvä kirpputori, sieltä Helena voi halutessaan etsiä täydennystä.

"Nähdään parin viikon päästä," Helena huiskauttaa hyvästiksi äidille ja sisaruksille, solmii kengät kiireesti jalkaan, heittää kassit autoon ja hyppää isän viereen etupenkille. Auto on jo melkein liikkeessä, ennen kuin hän pääsee sisään. Ollaan taas vähän myöhässä, kaupunkiin on matkaa, juna ei odota. Keltaisissa liikennevaloissa isä kiihdyttää.

Jännitys hälvenee, kun päästään asemalle. Ehdittiin! On vielä muutama minuutti Tampereen-junan lähtöön. Helenan huonetoveri asuntolasta näkyy jo seisovan laiturilla reppuineen. Matkatavarat näyttävät suhteettoman suurilta Millan hennoilla harteilla. Häntä ovat saattamassa isä ja isosisko, jolla myös on muutama pakaasi käsissään. Samaan aikaan lähtee juna myös etelään, ehkä isosisko on sinne päin menossa.

Helenan isä ei viitsi sammuttaa moottoria. Hän odottaa autossa, kunnes pohjoiseen suuntaava pikajuna on saapunut asemalle. Sitten hän peruuttaa parkkiruudusta, vilkaisee taustapeiliin ja kurvaa asemalta pois.

Helena on noussut Millan kanssa vaunuun, joka kuhisee viikonlopusta palaavia opiskelijoita ja muita matkaajia. Tytöt löytävät paikat, ja asettuvat aloilleen opiskelijakorttejaan kaivellen. Juna lipuu pitkin rautatiesiltaa Vanajaveden yli ohittaen Hämeen linnan, jonka upea silhuetti pian kutistuu taka-alalle. Vatsanpohjassa kipristää tutusti. Helena nojaa ikkunaan ja katselee vaitonaisena ohi liukuvia syksyisiä peltoja ja metsiä.

Irtoamisen kipu tuntuu enää hetken.

Puhelin kilahtaa WhatsApp -viestin merkiksi. "Moikka, sain paikan. 5/5. Ihan täys juna! Onneks pian perillä". Pojan lähettämässä kuvassa siro, hontelojalkainen peura seisoo sänkipellon laidassa ja katselee uteliaasti ympärilleen. Kuva on hämärä, mutta tarkasti katsoessa siitä voi erottaa toisenkin eläimen. Taustalla, tummaa kuusimetsää vasten piirtyy peuraemon valpas hahmo.

37

Ensimmäinen kesätyö

Asuntolan ikkunaan läikähtävät ilta-auringon säteet. Kullanpunaisten mäntyjen välistä siintelee läheisen järven kirkas vesi. Merja ei ole käynyt vielä uimassa, hän on vasta tänään asettunut huoneeseensa, asuntolan ensimmäiseen kerrokseen. Muutama neliö valjua linoleumilattiaa, kapea ikkuna, vaatekaappi, jonka saranat narisevat. Huone oli nopeasti sisustettu. Kotoa tuotu tummansininen räsymatto – kiitos Antti-enon, joka pakettiautollaan hoiti kuljetuksen – ja pieni lukulamppu pöydällä ovat paikoillaan. Seinälle hän on kiinnittänyt oranssinkeltaisen julisteen, jossa lukee suurin kirjaimin "Elämän voimaa".

Mutta kaikkein tärkein on kitara, ikioma Landola, jonka mokkanahkaisen hihnan hän on kirjaillut kauniisti, monin eri värein. Kitara seisoo tukevasti pöydän vieressä vaatekaappiin nojaten. Kirjoituspöydän toisella puolella on kapea sänky, jota peittää ohut, vohveliruutuinen, vihertävä päiväpeite. Samanlainen persoonaton varuste löytyy asuntolan jokaisesta huoneesta.

Tyynylle Merja asettelee valkoisen pehmokoiransa, jonka naama nauraa. Koiralla ei ole nimeä, mutta sen palleroinen olemus lämmittää hänen tytönsydäntään. Pöydälle, lähimmäs sänkyä, Merja sijoittaa punaisen herätyskellonsa ja kuluneen Raamattunsa. Hän hipaisee hellästi sen vihreitä samettikansia, jotka on itse käsin ommellut.

Sairaala-apulainen kuulostaa perin juhlavalta. Hän on seitsemäntoista ja ylpeä siitä, että hänellä on nyt ensimmäinen oikea kesätyöpaikka. Eno, joka on töissä sairaalan huoltohommissa, vinkkasi tästä. Yksi puhelinsoitto, ja se oli siinä. Tosin kyseessä ei ollutkaan pesti sairaalan kahviossa, kuten Merja ensin oli luullut. Se ei häntä haittaa: työ kuin työ. On tämä kuitenkin toista kuin iänikuinen sokerijuurikkaan harvennus. Sitä hän on saanut tehdä niin monta kesää kuin muistaa, talsia kilometritolkulla paahteista peltosarkaa, kuokkia ja kyykkiä niin että taimet ja rikkaruohot silmissä iltaisin vilistävät. Niillä tienesteillä hän on kitaransakin ostanut.

Vielä Merja ei osaa jännittää huomista, ensimmäistä työpäiväänsä. Hän ei osaa oikein kuvitella, millaista sairaalassa on, mitä tehtäviä hänelle annetaan, millaisia potilaita kohtaisi tulevina päivinä ja viikkoina. Tämä on keuhkotautisairaala, muuta hän ei juuri tiedä. Hän ei haluaisi joutua menemään sellaiseen huoneeseen, jossa joku potilas on juuri kuollut. Toivottavasti ei ainakaan ihan heti tapahtuisi niin.

Mutta nyt raukea väsymys alkaa vallata, Merja haukottelee ja vilkaisee kelloa: jokohan voisi käydä nukkumaan. Hän tarttuu kitaraansa ja näppäilee muutaman soinnun. *"Päivä on päättynyt, yö kohta alkaa, pian taas levolle käydä saan. Eteesi tuon minä menneen päivän, pyydän uutta sua siunaamaan."*

Asuntolassa on hiljaista. Merjalla ei ole mitään käsitystä siitä, onko paikalla ketään, vai ovatko kaikki työvuorossa. Huomenna varmaan jo selviää, millaista väkeä täällä on, minkä ikäisiä ja nimisiä.

Auringon heijastuessa ikkunalasiin hän näkee omat kalpeat, pyöreät kasvonsa. Toivottavasti saan rusketusta pintaan, jos käyn joka päivä rannalla ennen tai jälkeen töitten, Merja ajattelee. Kesän alku ei ole ollut kovin lämmin, mutta voivathan tulevat viikot olla toisenlaisia. Merja ei varsinaisesti välitä auringossa makoilusta. Ruskettua hän kuitenkin haluaisi. Olisi hienoa laittaa syksyllä koulun alkaessa päälle uusi taivaansininen pusero, se näyttäisi hyvältä kullanruskeaksi paahtunutta ihoa vasten.

Merja kaivaa teinikalenterinsa esiin ja raapustaa sinne muutaman tärkeän merkinnän näiltä päiviltä. *Lauantai, kesäkuun kuudes, Antti-enolle.* (Vasta eilenkö se tosiaan oli? Kuin ikuisuus tuntuu olevan hetkestä saunan rappusilla, Misse sylissä, kuiskaus sen silkkiseen korvaan: Pidä hiiret kurissa, nähdään pian! Eilenkö hän juuri tuuppasi veljeä kiukuissaan rintaan, kun tämä kiilasi karjakeittiöön hiusten pesuun, vaikka hän oli jo tehnyt vedet itselleen - röyhkimys! Nujakasta jäi ikävä mustelma kylkeen. Naurattaahan se nyt, mutta ei sillä hetkellä.)

Eilen hän tosiaan otti ja lähti kotoa, yöpyi enon perheessä, saunoi ja heräsi aamulla tuttuun radiojumalanpalveluksen sointiin. Sunnuntai, kesäkuun seitsemäs, asuntola. Antti-enolta tänne asuntolalle on vain muutama kilometri. Hän voi pyöräillä heille kyläilemään milloin vain haluaa. Ajatus tuntuu mukavalta. Eno ja täti ovat mutkattomia ja ystävällisiä ihmisiä, ja heidän luonaan on kotoisaa. Pari vuotta nuoremman serkkutytön kanssa voi käydä vaikka uimassa. Merja, joka on kasvanut sisaruskatraan keskellä, ei tunne jäävänsä nyt mistään paitsi.

Vielä ennen nukkumaanmenoa Merjan ajatukset kiertyvät asuntolan käytävällä näkemäänsä kolikkopuhelimeen. Hänen tekisi mieli soittaa kotiin, mutta rahanmeno mietityttää. Ei, ei vielä tänään, hän päättää. Ehkä myöhemmin, kun on asiaa.

Kunpa äiti tai isä soittaisi, Merja miettii riisuessaan. Mutta eivät he soita. Vanhemmat varmaan ajattelevat, että minulla on kaikki hyvin, miksi huolehtia. Niinhän se kai onkin.

Hän sujauttaa yöpuvun ylleen, sulkee sälekaihtimet, vetää alas rullaverhon ja häätää kesäauringon viistot säteet huoneesta. Mikään ei saa nyt häiritä uneen pääsyä. Punaisen kellon viisarit hohtavat fosforisina. Hiljainen ilta asuntolassa on vaipumassa mailleen.

Huomenna hän kirjoittaa kalenteriinsa: *eka työpäivä sairaala-apulaisena.*

41

Šeket – hiljaa!

Nuorten eloisa meteli täyttää pienen huoneen. Heidän kiihkeinä kohoavat äänensä, hehkuvat silmänsä ja viuhtovat kätensä ovat jotakin aivan toista kuin mihin Taina on kotimaassaan tottunut. Hän hätkähtää Yhodan ja Zokin kiivasta sanailua, joka kuulostaa uhkaavalta riidanpoikaselta, mutta joka hetkessä sulaakin yhteiseen naurunräkätykseen. Pojat kaulailevat toisiaan ja pörröttävät toistensa kiharapehkoja.

Kerhotilaan on kokoontunut 15-20 lasta ja nuorta, ja desibelitaso on sen mukainen. Vähän väliä huonetta halkoo ryhmänvetäjän, Doritin, räväkkä komento: "Šeket - hiljaa!" Sen sanan Taina nopeasti oppii, vaikkei muuten hepreaa osaakaan.

Lumoutuneena hän seuraa, miten Dorit, Yhoda ja Zoki luotsaavat lapsijoukkoa, laittavat nämä leikkimään ja pelaamaan ryhmissä, jakavat välipalaa ja vastailevat kysymyksiin. Suomalaisvieraat pääsevät lasten uteliaan piirityksen kohteiksi, mutta pian heidät vedetään myös mukaan leikkeihin. Pari nappisilmäistä pikkutyttöä voittaa ujoutensa ja tulee tirskahdellen kokeilemaan Tainan vaaleaa poninhäntää.

Herzelyan nuorisosta räiskyvä energia tuntuu ylittävän kaiken mitä Taina on aiemmin kokenut. Kolme viikkoa kibbutsilla pohjoisessa on toki antanut pientä tuntumaa paikallisten temperamenttiin, mutta tämä on jotain aivan muuta. Tel Avivin läkähdyttävässä kuumuudessa, sysimustan samettitaivaan alla, kaikki on niin terävää, kirkasta. Taina aistii jokaisella solullaan äänet, tuoksut, värit kuin satakertaisina.

Jokin uusi näkökulma elämään tässä maassa on näinä päivinä raottunut. Miten kiihkeä on tuo nuorten uhmakkuus, jolla he tarraavat tähän hetkeen, elintilaan, tulevaisuuteen tummien pilvien varjossa.

Taina tutustui näihin nuoriin, kun he tulivat luokkansa kanssa päiväksi töihin kibbutsille. Golanin kukkuloilla sijaitsevalla kibbutsilla asuu paikallisten lisäksi vapaaehtoisia monesta maasta: Irlannista, Englannista, Hollannista, Yhdysvalloista ja Suomesta. He tekevät töitä sandaalitehtaalla, kanalassa, hedelmäpuutarhassa ja keittiöllä.

Taina, Ritva ja Asta ovat nyt vastavierailulla nuorten luona Herzelyassa, Tel Avivin esikaupunkialueella. Tytöt eivät ole ensimmäistä kertaa kibbutsin turvallisten muurien ulkopuolella. Vapaapäivinä on tehty useita retkiä milloin lähikyliin, milloin kauemmaksi. Tänä sapatin aattona he suuntasivat etelään, täristivät monen tunnin bussimatkan alas kukkuloilta rannikolle.

43

Paikallisen väen lisäksi bussi poimi pitkin matkaa kyytiinsä nuoria armeija-asuisia tyttöjä ja poikia. Nämä kantoivat kivääreitä ja panosvöitä siinä missä muut matkustajat eväs- tai ostoskassejaan.Tainan hengitys kiihtyi hiukan joka kerta, kun bussiin hyppäsi nuori sotilas, kivääri rennosti lonkalla heiluen. Hänen ikäisiään, suurin piirtein, mutta katseet kovia, paljon nähneitä. Bussin täytti nuorten sotilaiden rehvakas vitsailu, jonka läpi kuulsi väsymys. He olivat matkalla jostakin jonnekin, ehkä lomalle tai takaisin palvelukseen. Näille tummasilmäisille tytöille ja pojille tämä oli arkipäivää. Miksi turhaan jossitella vaihtoehtoja?

Dorit asuu harmaanruskean betonitalon kahdeksannessa kerroksessa. Tilaa ei ole liiaksi. Tainalle on laitettu patja Doritin ja tämän kahden pikkusisaruksen huoneeseen. Kotona ovat myös isä, äiti ja pieni, kumara isoäiti, jonka hampaaton hymy valaisee ryppyiset kasvot.

"Isoveli on armeijassa, ilmavoimissa", Dorit ylpeänä kertoo. Hän itse aikoo astua palvelukseen heti kun täyttää kahdeksantoista, eli parin vuoden päästä. Onko Suomessa asevelvollisuus, vanhemmat tiedustelevat Tainalta ja hämmästyvät kuullessaan, että palvelusaika voi olla lyhimmillään vain yhdeksän kuukautta. Doritille tuo on myös uutta, ja hän puistelee päätään epäuskoisena: "Meillä miesten palvelusaika on kolme vuotta, naisillakin 21 kuukautta."

Vapaapäivät Tel Avivissa ovat ohi. On hyvästeltävä nuoret ystävät ja palattava kotiin Ein Zivaniin.

Paluumatkalla Golanille bussi ajaa eri reittiä pohjoisessa, kiertäen naapurikibbutsin, Kiryat Shmonan, kautta.

Nuokkuessaan kuumassa bussissa Taina ei heti huomaa, miten maisema muuttuu. Ritvan pukatessa häntä kylkeen Taina avaa silmänsä, ja hätkähtää pahaenteisen näköisiä savupilviä taivaalla. Tienvarsilla on tavallista enemmän sotilasajoneuvoja. Puheensorina bussissa kiihtyy, ja levottomuus Tainan sisässä kasvaa. Jotain on tekeillä, se on selvä. Tytöt eivät ymmärrä kiihkeää, vieraskielistä puhetta, mutta muiden matkustajien ja bussikuskin reaktioista voi päätellä jotakin.

Kuski hidastaa vauhtia ja pysäyttää levennykselle, jossa tiukkakatseinen sotilas viittilöi jeeppinsä vierellä. Miehet vaihtavat muutaman kiivaasti sorahtelevan lauseen. Sotilas antaa lähtöluvan ja kuski huiskauttaa kättään mielenosoituksellisen dramaattisesti. *"Excercise, not serious"*, hän huutelee bussin takaosaan päin, länsimaalaisille sanansa osoittaen. Matka jatkuu helpottuneissa, osin epäuskoisissa tunnelmissa.

Kun kibbutsin tuttu portti piirtyy näkyviin, tytöt hyppäävät reppuineen ulos bussista. Puhua pulisten he rientävät ruokalaan, jossa iltavuorolaiset ovat jo päättelemässä ateriaansa ja muut vasta jonottavat. Tainan katse kiertää nopeasti salin läpi, ja rekisteröi Tracyn, Johnin ja Lesleyn. Valtava huojennus leiskahtaa vatsan läpi. Amerikkalaisystävät ovat, kuten tavallista, hörppimässä nurkkapöydässä teetään ja höpöttelemässä niitä näitä. Tracyn ruskettuneille kasvoille leviävä virnistys toivottaa heidät tervetulleiksi takaisin kotiin. Vasta sillä hetkellä Taina tajuaa, miten hirvittävä ikävä hänellä on ollut.

Ajomatka Seutulasta läpi tihkusateisen, eteläsuomalaisen maiseman kestää runsaan tunnin, ja sinä aikana Taina ehtii puhua äänensä käheäksi. Muu perhe tenttaa kibbutsin asuinoloja, työtehtävien laatua ja määrää, maan säätilaa ja muuta sellaista, josta Taina on kirjeissään jotakin kirjoittanut. Kukaan heistä ei ole koskaan käynyt ulkomailla, joten kaikki on vierasta ja käsittämätöntä. Taina ei itsekään enää tiedä, mitä osaisi kertoa.

Tainan isää hiukan aarveluttaa kibbutsin idealistinen yhteisomistajuus. Isä on pienviljelijä, Karjalan evakkoja, eikä hän suhtaudu varauksetta tällaiseen – ettei vain olisi kommunismia.

Taina ei jaksa puolustaa kokemaansa, ei löydä sanoja sille kivulle, joka sisällä kytee. Hän kaipaa jo nyt takaisin kibbutsin sandaalitehtaalle, Tracyn ja muiden seuraan. Hän ajattelee elämää pursuavia Herzelyan nuoria ja heidän tulevaisuuttaan tuossa maassa, jonka taivasta sodan pilvet uhkaavat.

Kevyt sade piiskoo auton ikkunoita; peltoa, metsää, peltoa, loputtoman tasaista ja latteaa. On lauantai-iltapäivä ja kotona odottavat lihakeitto, ruisleipä, sauna ja koivuvihta. Taina nojaa ikkunaan ja sulkee silmänsä. Taakse ovat jääneet Israelin vuoret, värikkäät äänet ja ihmiset, eikä Taina tiedä, miten kestää sen, ettei näe heitä enää.

Postikortti

Fatick, maaliskuu, kaksi kuukautta lähdöstä.

Kaskaat sirittävät, kuumuus väreilee vielä il-
massa, punainen hiekkapöly kutittaa niskassa.
Muslimien rukouskutsu kajahtaa läheisestä mina-
reetista. Yö on laskeutumassa. Taivaan samettia
halkovat kimaltelevat helminauhat. Orionin ja Cas-
siopeian tähtikuviot erottuvat selvempinä kuin
Pohjolassa koskaan. Silti - sama taivas, yhteinen
maailma.
Sava? Sava. Qui, mon bien. Voikaa hyvin, niin
mekin!

Jonni laskee postikortin käsistään ja laittaa sen
iltahämärässä salissa kiertämään. Nuoret tutkivat
kukin vuorollaan eksoottisin postimerkein ja lei-
moin varustettua korttia, lennokkaasti raapustet-
tuja kirjaimia ja tuulahdusta eteläiseltä pallonpuo-
liskolta.

Harde on heidän oma kirjeenvaihtajansa, yksi seurakuntanuorten ydinporukasta, joka on jo ottanut askeleen tästä pikkukaupungista kohti avarampia maisemia. Harden tiedonhalu, rohkeus ja päättäväisyys ovat vieneet hänet seikkailuun toiselle puolen maapalloa. Hän haki ja pääsi opintomatkalle, jonka sai liitetyksi graduunsa, ja tuon reissun käänteitä voivat joukot kotikulmilla nyt välillisesti seurata. Sen mitä Harde vain ehtii heille - omaan lyömättömään tyyliinsä - raportoida.

Mirva on kuunnellut sydän lepattaen Jonnin lukemia sanoja ja koittanut kuulla rivien välistäkin, mitä siellä ei ole. Kortti on osoitettu nuorten porukalle yhteisesti, ei kenellekään yksityisesti. Ei varsinkaan hänelle.

Nuorisopastori rykäisee, tarttuu nahkakantiseen, kuluneeseen Raamattuunsa ja avaa illan varsinaisen aiheen: Jumalan tahto vai minun tahtoni? Mistä tiedän, mikä on oikea tie?

Mirvan ajatukset lennähtävät leirikeskuksen pirtistä kevättalven haalealle taivaalle. Kylmä valahtaa selkää pitkin kuin sulava jääpuikko räystäältä. Kurkkua kuristaa oudosti. Tuntuu, että muiden uteliaat katseet viivähtävät hänen suunnallaan hiukan liian pitkään. Sanattomat kysymykset kääntävät veistä haavassa. Miksi Harde kirjoitti vain persoonattoman, yhteisen kortin ilman henkilökohtaista viestiä, edes yhtä pientä toivotusta hänelle?

Harden lähtö kolmeksi kuukaudeksi Senegaliin tapahtui lopulta kovin äkkiä. Kun tämä joulun alla kertoi suunnitelmistaan, Mirva tunsi innostuksen

48

valtaavan sydämensä. Jospa hänkin voisi järjestää asiat niin, että pääsisi mukaan. Ehkä hän saisi koulusta vapautuksen pariksi kuukaudeksi – olihan hän edennyt opinnoissaan hyvin, ja voisi varmaan korvata tänä aikana väliin jäävät osuudet. Tämä olisi yhteinen matka, ja se antaisi perspektiiviä siihen, mikä molemmille oli tärkeää: lähetystyön todellisuuteen. Harde tunsi pääkaupungin opiskelijapiireistä ihmisiä ja kuvioita, jota kautta reissu järjestyisi. Mirva lähtisi mielellään mukaan. Niin hän haaveili, ja mielessään alkoi suunnitella Afrikan-matkaa.

Mutta arkitodellisuus ei sitten antanutkaan myöten. Koulun puolesta ei näytetty vihreää valoa, eikä hänellä olisi itse asiassa ollut varaakaan matkaan. Isä ja äiti eivät olisi varmaan hekään päästäneet. Toisaalta; hän oli täysi-ikäinen, eikä olisi heiltä juuri lupia kysellyt.

Mutta mitä Jumala oikein tästä ajatteli, miksei hän järjestänyt asioita oikein päin?

Sitä Mirva ei voi käsittää. Onhan hän rukoillut jo kauan, että löytäisi tehtävänsä maailmassa, oman paikkansa ilosanoman eteenpäin viejänä. Nyt kuitenkaan tämä ei ollut se tie. On vaikea ymmärtää, mikä on Jumalan tahto.

Nuorisopastorin puhe soljuu pehmeänä pirtin seinustoilla. Loppurukous, ja illan päättää yhdessä laulettu: *"Oon onnellinen vaeltaja, käyn maailmasta parempaan, en pelkää tuskaa, vaikeuksia, on kirkas määrä matkallain."*

Mirva kiskaisee takin niskaansa ja nousee pyörän selkään, ennen kuin kukaan tytöistä ehtii pysäyttää häntä. Hän ei ole juttelutuulella, ei jaksa vastailla uteluihin tai nähdä myötätuntoisia tai - vielä pahempaa – vahingoniloisia katseita. Mitä se niille kuuluu, miten hänen ja Harden välit ovat. Miksi hän joutuisi sitä selittelemään kenellekään? Kun ei hän edes itse tiedä.

Hiekka ja sulava lumi ratisevat pyörän alla, kun hän polkee kiivaasti kohti keskustaa. Kevättalvinen taivas on tummunut, jokunen tähti tuikahtaa himmeänä jossakin korkealla. Metsä on hiljainen, kuusten tummat oksat hohtavat lumilaikkuisina. Ne tuoksuvat jo kevään lupausta.

Tie kaartaa ylämäkeen ja Mirva nousee taluttamaan pyörää. Mäen päällä hän pysähtyy hetkeksi ja tasaa hengitystään. Hän kääntyy katsomaan kohti taivaanrantaa, jota vasten kuusten sahalaita piirtyy terävänä.

Hän muistaa nuoskalumen narskeen kenkien alla, kun he nauraen purkautuivat Jonnin kuplavolkkarin takapenkiltä leiriksen pihalle. Suuret kuuset huokuivat rauhaa, vatsanpohjassa kihisi perhosia. Harde puristi hänen kättään omien villasormikkaittensa sisällä, kunnes äkkiä päästi irti ja kaapaisi kostean lumipallon, jonka läväytti iloisesti kuistin päätyseinään. Talo oli autio ja ovet lukossa. Yllätysvisiitistä piti silti jotenkin ilmoittaa.

Pian oli vallaton lumisota käynnissä, ja he kaikki neljä sen tuiskeessa mukana. Metakka helpotti Mirvan hämmennystä poikaporukassa, johon Harde hänet oli mukaansa vetänyt. Spontaani ilta-ajelu jääkaappikylmällä volkkarilla oli kaveruksille kai tavanomaista puuhaa. Idean saattoi heittää kuka tahansa ja muut tempautuivat mukaan. Mirvalle tämä kaikki oli uutta ja hykerryttävää.

50

Hymähtäen muutaman kuukauden takaiselle muistolleen Mirva nousee pyörän satulaan ja jatkaa matkaansa. Alamäkeä on hyvä ajaa, mutta vauhti täytyy pitää maltillisena. Tiellä ei ole valoja, eikä pyörän lamppu ole kovin tehokas. Leirikeskukseen jääneet nuoret hurauttaisivat kohta ohi. Osa heistä on tullut mopoilla, joillakuilla on autot, joihin muut pakkautuvat. Muutaman hän tietää tulleen pyörällä, mutta nämä asuvat eri suunnalla. Muuta liikennettä ei tällä sivutiellä ole.

Viiden-kuuden kilometrin matka sujahtaa nopeammin kuin mennessä. Mirvan on tullut polkiessa sopivan lämmin, sormiakaan ei enää palella. Kaupunkialueella katulamput hohtavat valaisten lumiset tiet. Niitä raidoittavat mustat varjot, jotka jäävät valokiilojen väliin. Jossain haukahtaa koira, iltayön kulkijoita näyttää olevan harvassa.

Mirva on pian perillä, mutta nyt hän hidastaa vauhtia. Tähän näkymään hän ei kyllästy: kaupunkia halkoo leveä joki, jonka ylitse kaartuu kaunis, vanha harmaagraniittinen kivisilta. Sillan toisella puolen piirtyy kirkon jykevä silhuetti. Kirkkoa ympäröivä hautausmaa ulottuu joen rantamille saakka. Mirva on usein kierrellyt hautausmaan hiljaisuudessa, katsellut kiviä ja tutkinut niihin kaiverrettuja tekstejä ja vuosilukuja. Kirkon penkissä hän on sunnuntaisin istunut, silloin kun on jäänyt paikkakunnalle viikonlopuksi. Sieltä, takapenkistä he Harden kanssa kerran yhtä matkaa lähtivätkin. Harde oli kutsunut hänet ensivisiitille kotiinsa.

Mirva astelee kivisillan kupeeseen ja jää nojaamaan viileää, karkeaa seinämää vasten. Pimeässäkin sillan järkälemäiset kivet erottuvat harmaan eri sävyissä, kulmikkaina, keskenään erilaisina, mutta toisiinsa tiiviisti liittyneinä. Joki sillan alla on vielä jäässä. Myös sen pinnassa leikittelevät kaikki sävyt, valkeasta lähes mustaan. Syksyllä ottamiinsa valokuviin Mirva sai vangittua upeita geometrisia kuvioita, jännitettä, jota hän ei paljaalla silmällä ollut erottanut. Mirva painaa poskensa kylmään graniittiin. Ylättäen sydän tuntuu kevyeltä. Hän havahtuu äkkiä siihen, ettei oikeastaan tunne minkäänlaista ikävää. Se on outoa, mutta jotenkin vapauttavaa. Se tuntuu oikealta.

Harde saa lähettää niin monta postikorttia kuin haluaa, ja kenelle parhaaksi näkee. Mirva on yksi joukosta ja niin on ihan hyvä.

Huomenna hän kirjoittaa Hardelle ja sanoo selvin sanoin sen, minkä juuri oivalsi: en kaipaa mitään.

Muuri

Marraskuun yhdeksäntenä televisio näyttää historiadokumentin, joka kiepauttaa minut nopeasti kolmen vuosikymmenen taakse. Levottomasti heiluvassa kuvassa ihmiset itkevät, nauravat ja syleilevät toisiaan. Nuori mies halaa koppalakkista poliisia riehakkaana ja moiskauttaa tätä molemmille poskille.

Wahnsinn, das ist ja etwas so unglaublich! Kaikki puhuvat toistensa päälle, tuhannet ja taas tuhannet ilosta itkevät ihmiset.

Televisiokamerat todistivat ihmettä, joka oli juuri tapahtunut, jota kukaan ei ollut voinut uskoa toteutuvaksi. Äkkiä edessä oli vapaus. Elettiin vuotta 1989.

"Aber wir dürfen nicht!" Ulriken raivokas huuto hätkäytti. Nuoren naisen silmät paloivat, kasvot olivat totiset, ääni padottua tuskaa täynnä. Saksan kieli ei ollut itselläni vielä kovin hyvin hallussa, mutta aloin ymmärtää: me emme SAA matkustaa!

53

En ollut aiemmin tajunnut, miten vakava paikka tämä oli. Me koko ekumeenisen nuorisoleirin porukka olimme paiskineet yhdessä töitä päivät pitkät, mutta myös nauraneet, hassutelleet, jutelleet arkisista asioista. Iltaisin oli kokoonnuttu puutarhaan pitkien pöytien ääreen kuin suuri, meluisa perhe. Meitä länsimaalaisia nuoria oli täällä Hollannista, Suomesta, Länsi-Saksasta, opiskelijoita pääasiassa. Muutama leiriläinen tuli itäblokin maista Unkarista ja Tsekkoslovakiasta; itäsaksalaisia oli valtaosa. Heitä oli Dresdenistä, Erfurtista, Leipzigista, Itä-Berliinistä, jokunen kylistä läheltä Puolan rajaa. Kaikkia meitä ajoi jano nähdä maailmaa – tutustua muihin nuoriin yli kansallisuusrajojen, heidän elämäänsä, toiveisiinsa, ajatuksiinsa. Itse olin hakeutunut juuri tähän maahan, sillä pidin kielestä ja halusin oppia sitä paremmin.

Olimme viettäneet kymmenen päivää ahkeroiden käytännön töissä: maalanneet aitaa, rapanneet ikkunanpuitteita, kunnostaneet ja siivonneet vanhusten palvelukeskusta. Juoneet teetä ja syöneet sämpylöitä, jutelleet, laulaneet *Blowing in the wind*, *When the saints go marching in*, ja mitä kukin vuorollaan keksi ehdottaa. Istuneet iltaisin lattioille levitetyillä tyynyillä, kuunnelleet alustuksia ja keskustelleet.

Pehmeäpaperinen monistevihko käsissäni yritin seurata päivän teemaa, joka oli vapaus. Keskustelu oli nopeatempoista ja monet sanat vieraita, oli vaikea pysyä kärryillä. Kuuntelin kiihkeitä äänenpainoja ja katselin jo rakkaiksi tulleita kasvoja ympärilläni.

Ulrike oli noussut seisomaan ja viittilöi kiivaana ympärilleen:

"Te länsimaalaiset voitte tulla ja mennä, teillä on mahdollisuus valita. Meillä ei ole. Siksi me tarvitsemme teitä. Teidän kauttanne me voimme saada jonkin murusen siitä maailmasta, johon meillä ei ole pääsyä. Tämä leiri on meille oljenkorsi, tai kaukoputki – mahdollisuus saada tietää enemmän!"

"Das scheisse mauer! Kaksikymmentäviisi vuotta muuri on erottanut idän ja lännen, perheet ja suvut. Sen yli ei ole päässyt. Tai jos on, niin on päässyt hengestään. Siinä meillä vapaus", hän puuskahti ja asettui takaisin paikoilleen. Keskustelu ryöpsähti uuteen vauhtiinsa, kaikilla tuntui olevan jotakin sanottavaa.

Huoneen nurkassa nojailivat toisiinsa Corina ja Kees vaitonaisina, käsi kädessä. He olivat löytäneet toisensa leirin aikana. Suhteella ei olisi kuitenkaan tulevaisuutta. Edessä oli väistämätön ero, kun Kees palaisi kotimaahansa Hollantiin. Corina jatkaisi elämäänsä laboratorioassistenttina magdeburgilaisessa kemiantehtaassa. Hän oli vasta kahdenkymmenen, pari vuotta minua nuorempi. Kees opiskeli toista vuotta yliopistossa kielitieteitä. Hän saattaisi myös pitää välivuoden ja lähteä vaihtoon Australiaan.

Itse palaisin Suomeen jatkamaan opiskeluja. Näitä ihmisiä en kuitenkaan unohtaisi. Kirjeet kulkisivat molempiin suuntiin, ehkä se lievittäisi eron ikävää. Kukaties hakisin toistamiseen leirille, ellen sitten saisi töitä koko kesäksi.

55

Uudenvuodenyö Berliinissä, räiskyvää ilotulitusta, rakettien ujellusta ja savunkäryä miljoonakaupungin taivaan alla. Ensimmäinen yhdistyneen Saksan uusivuosi, ystävien keskellä läntisessä kaupunginosassa. Lento Suomesta, rahanvaihto kentällä, soitto kolikkopuhelimesta: jännitystä, onko Sabine kotona.

Kirje oli palautunut vanhentuneesta osoitteesta, joten tämä oli arpapeliä. Varasuunnitelmana ottaa juna etelämmäs, toisen ystävän kotikaupunkiin. Ei tällä kertaa rajamuodollisuuksia, ei enää viisumin tarkistamisia. Ensimmäisellä DDR:n reissulla se oli ollut jännittävää. Yölliset junanvaihdot valtavilla asemilla, tiukkailmeiset, sotilaallisen näköiset rajavartijat tivaamassa papereita, hermostunutta etsintää, onhan ne varmasti mukana kaikki. Ihan asiallisilla asioilla tässä ollaan, tässä näin tämä kutsu, *bitte sehr*.

Loppiainen Dresdenissä. Kreuzkirchen poikakuoron esittämä Bachin jouluoratorio, kaksituhatta ihmistä vetävä kirkko lähes täynnä.

"Ihme, että ihmisiä yleensä enää musiikki kiinnostaa. Kirkkokonsertin sijaan voisi vaikka katsella kotona videoita", Claudia tokaisee ironisesti.

Bachin juhlallisten kantaattien jälkeen menemme Claudian vanhempien luo. He haluavat tarjota läksiäisillallisen, ja kaikki onkin hienosti laitettu: valkoinen pöytäliina ja servietit, useita lihaleikkeleitä, koristeltuja kananmunia, tuoksuvaa leipää, viiniäkin.

Pienen alkukankeuden jälkeen keskustelu pöydässä vapautuu, en itsekään enää mieti liikaa verbimuotoja tai lausejärjestystä. Spiewegit haluavat tietää suomalaisen yhteiskunnan toimivuudesta, työttömyyslukemista, sosiaali- ja terveyspalvelujen saatavuudesta. Heistä on ihmeellistä kuulla, miten monta puoluetta meillä on, etteivät kaikki suomalaiset osaa venäjää emmekä tarvitse passia matkustaessamme muihin Pohjoismaihin. Yhteisiä huolenaiheitakin on: maatalouden tulevaisuus, kirkon kaupallistuminen, materialismin maihinnousu.

Yli vuosi on kulunut muurin murtumisesta, Saksat ovat nyt yhtä valtiota.

"Mikään ei ole muuttunut", Claudian isä toteaa katkerana. Toiveet ja odotukset elintason noususta ovat romahtaneet.

Päivittäinen toimeentulo on vaikeaa. Elintarvikkeiden hinnat ovat kohonneet huimasti. Palkkataso on alhaisempi kuin lännessä. Eläkkeet ovat tietysti myös pieniä, mikä tuottaa katkeruutta niissä ihmisissä, jotka ovat jo aikanaan maksaneet osansa sodanjälkeisen Saksan jälleenrakennuksessa. Herra Spieweg on raatanut vuosikymmenet postilaitoksella, hän on nyt 64-vuotias. Hän toivoo voivansa työskennellä vielä vuoden, sillä palkka on nyt hiukan parempi kuin aiemmin. Siten hän saisi edes vähän suuremman eläkkeen.

Rouva Spieweg on farmaseutti, tekee vielä tilapäistöitä apteekissa, mutta on jo käytännössä työtön.

"Pulaa on myös lääkkeistä. Lääketuotantoon ei riitä väkeä, koska monet ovat muuttaneet länteen paremman tulotason vuoksi. Esimerkiksi opettajat ja lääkärit saavat täällä vain kolmanneksen länsipalkasta. Läntisen Saksan apteekit ja lääkeyhtiöt eivät tahdo myydä tuotteitaan, koska ne eivät voi pitää hintoja samalla tasolla. Vaikka hinnat ovat noin puolet siitä mitä lääkkeet maksavat lännessä, on sekin liikaa useimmille. Ihmisillä ei yksinkertaisesti ole enää varaa lääkkeisiin. Esimerkiksi epilepsia- tai diabeteslääkkeet olivat ennen ilmaisia tai sairaskassa maksoi niistä korvauksen."

Spiewegit kertovat odottaneensa jo neljätoista vuotta omaa puhelinta. Claudia selittää:

"Kaapeleita ei vain rakenneta tarpeeksi nopeassa tahdissa, paikoin jos ollenkaan. Se kielii vääristyneestä yhteiskuntarakenteesta. Monet vastaavissa töissä olleet palvelivat samalla Stasia eli heillä oli muita intressejä kuin kaivaa kaapeliputkia."

Lisäksi on ilmoitettu, että puhelinmaksut nousevat, mikä edelleen vaikeuttaa tavallisten ihmisten arkea.

"Mutta se on ihan tyypillistä", Claudia puuskahtaa. "Mikään ei ole varmaa, mitään ei tapahdu, ja välinpitämättömyys on vallannut ihmiset. Meidänkin talon edustalla on kuukausien ajan komeillut kasa rakennusjätettä: rikkonainen kylpyamme betoninpalasten keskellä. Kaupungin piti hoitaa se pois, mutta hakijaa ei ole toistaiseksi kuulunut. Lieneekö unohtunut tykkänään."

Monet asiat olivat DDR:n aikaan paremmin, Spiewegit sanovat.

"Aiemmin ihmiset olivat solidaarisempia", rouva Spieweg jatkaa.

"Työpaikoilla, kirkossa, kaikkialla toimittiin läheisessä yhteydessä, sillä toisella puolella oli yksi yhteinen vihollinen. Nyt kaikki on toisin: jokainen etsii vain omaa etuaan."

"Kirkonkin asema on muuttunut. Enää kirkolla ei ole sitä kuuntelijan tehtävää, joka aiemmin kokosi ihmisiä, kun muualla ei voinut vapaasti puhua. Toki Stasi soluttautui kirkollisiin tilaisuuksiin yhtä lailla ja tiesi tarkkaan, ketkä henkilöt toimivat aktiivisesti. Elämä oli todella rajattua ja valvottua - pahinta oli se, ettei koskaan voinut tietää, kuka työskenteli Stasin laskuun. Se merkitsi kristityille todellista taistelua. Jokainen joutui punnitsemaan tarkoin, oliko valmis luopumaan yliopisto- tai työpaikasta."

"Nyt, kun poliittinen toiminta on vapaata, ovat useimmat jättäneet kirkon; vain kymmenen prosenttia väestöstä kuuluu enää evankelisluterilaiseen kirkkoon. On myös paljon muuta kilpailevaa vapaa-ajan toimintaa."

Spiewegit surevat sitä, ettei kirkko – ja Itä-Saksa ylipäänsä - saanut kehittyä omilla ehdoillaan. Historiallinen tausta, kirkon ehdot ja rajoitteet ovat olleet idässä aivan toiset. Länsi ei voi ikinä tätä ymmärtää, sanoo herra Spieweg harmaassa slipoverissaan ja puistelee väsyneesti päätään.

Samaa sanovat Gisela ja Wolfgang Leipzigissa, jonne seuraavaksi matkaan. Iloisesti hymyilevä pariskunta ottaa vieraansa avosylin vastaan, mutta pian puhe kääntyy ajankohtaisiin, vakaviin aiheisiin.

"On väärin, että lännestä tullaan nyt meille sanomaan, miten asiat pitäisi hoitaa. Se painaa itäsaksalaisten itsetunnon matalaksi. Meille opetetaan nyt, miten työtä todella pitäisi tehdä – emmekö siis ole sitä osanneet aiemmin?"

"Tänne entiseen köyhälään tullaan uteliaina lännestä käymään. Olemme kuin eläintarhan eläimiä, joita töllistellään ja joille heitetään armopaloja."

"Ei ole oikein väittää, että kaikki itäinen olisi kelvotonta ja hylättävää. Miksi länsirahan mahdille annetaan periksi? Se on harhaa."

Meyerit eivät aio jättää kotiseutuaan, vaan tahtovat pysyä täällä rakentamassa uutta Saksaa. Gisela on irtisanottu työstään, mutta hän näkee sen mahdollisuutena olla lapsen kanssa kotona. Tässä perheessä raha ei näyttele pääosaa. Onneksi Wolfgang on saanut pitää työpaikkansa kirjapainossa. Hän on nytkin menossa yövuoroon, ja poikamaisesti virnistäen toivottaa *"Gute Nacht!"* ennen kuin vetäytyy makuuhuoneeseen torkuille.

Leipzigissa vietetyn viikonlopun jälkeen poikkean vielä Dresdeniin ennen paluuta Suomeen. Ystävien tapaaminen on tuonut paljon uutta pohdittavaa, reppuni tuntuu raskaalta. Tallustamme Claudian kanssa kohti rautatieasemaa vaitonaisina. Hänen sievät kasvonsa ovat vakavat, pitkät hiukset on koottu päälaelle siistille nutturalle.

60

Tammikuinen taivas on harmaa, sää kostean-lämmin kuin syys-lokakuussa kotona. Kaikki näyttää yhtä likaiselta ja surulliselta kuin viisi-kuusi vuotta sitten. Sama tuttu hiilen haju roikkuu ilmassa, samat raitiovaunut rutisevat kiskoja pitkin. Mietin syyllisenä, olenko minäkin yksi töllistelijä lännestä, muiden samanlaisten joukossa. Trabantien ja Wartburgien seassa näkyy muutamia länsiautoja, joita jälleenmyydään täkäläisille. Ihmisten yllä on värikkäitä vaatteita, ilmeet eivät ole yhtä ilottomia kuin ennen. Liikkeet kadun varsilla näyttävät samanlaisilta kuin aiemmin, mutta niitä koristavat paikoin kirjavat mainokset. Tosin kauppaan voi edelleen joutua jonottamaan puolikin tuntia.

"Yhtään ei voi tietää, mitä kaupoista saa", Claudia sanoo. "Mikäli jotakin tuotetta on runsaasti, se on Länsi-Saksan puolelta ylijäämää. Usein on myös puutetta tavallisista tarvikkeista, kuten polkupyörän venttiileistä."

Mutta Claudiaa painavat isommat huolet. Uutisissa on kerrottu yliopisto-opiskelijoiden epävarmasta tilanteesta. Leipzigissa osa heistä on nälkälakossa, Berliinin Humboldt-yliopistossa on mielenosoituksia opetuksen lakkauttamista vastaan. Marxismi-leninistinen ideologia on tietenkin nykypolitiikan valossa valheellista, haitallista hapatusta.

Claudiankin sosiaalipedagogiikan opinnot seisovat, eikä hän tiedä, milloin opetus jatkuu – tai jatkuuko ylipäätään. Joka tapauksessa edessä on kolmen kuukauden tauko, sillä opettajien taustoja tarkistetaan: ketkä ovat työskennelleet Stasille,

61

ketkä eivät. Stasin verkosto ulottui työpaikoilta harrastuspiireihin, kaikkia tuskin saadaan koskaan tilille - kuulemma jopa leirillämme oli mukana joku urkkija!

Viimeisten tietojen mukaan sosiologiset aineet liitettäisiin Dresdenin teknillisen korkeakoulun yhteyteen. Claudia arvelee, että se turvaisi opinnonalan jatkuvuuden. Mutta jos sosiaalipedagogiikan opetusta ei enää järjestetä, tai se siirretään muualle, Claudia joutuu vaikeuksiin. Hän on vihdoin saanut edullisen, viihtyisän asunnon, josta ei tietenkään haluaisi muuttaa.

En ole kysynyt ystäväni taloudellisesta tilanteesta, en tiedä mitä hän asumisestaan maksaa. Tarkka hän on ainakin ruokaostoksissaan, ja asunnon kaasulämmitin oli alkuun aivan nollilla, joten vedin päälle pari kerrosta vaatetta, jotta tarkenin nukkua.

Mutta minä tulen eri maailmasta ja sinne minä myös palaan. Voinko koskaan tajuta tätä toisenlaista todellisuutta, jossa hän, omanikäiseni elää?

III Katse

Samaan suuntaan, rinnakkain

Ratakierros

Lasten ilakointi viereiseltä uimarannalta kantautuu urheilukentälle, äänet kimpoilevat katsomon seinistä ja tyhjistä penkkiriveistä. Lomalaisten kansoittama ranta on varjoton, veden syliin on tungosta. Kipa riisuu sandaalinsa ja astuu tunnustellen punaruskealle tartanille. Se hivelee kuumasti paljaita jalkapohjia. Juoksuradan valkeat liituraidat kaartavat tasaisina soikion toiseen päähän ja katoavat kurvin taakse. Rata on tyhjä, vain kentän keskiviheriöllä muutama pojankloppi potkiskelee jalkapalloa, yksi heiluu maalin edessä.

"Juostaanko, äiti?" Viljami innostuu ja roiskaisee märän pyyhkeen käsistään nurmelle radan viereen. Siniraitaiset uimahousut ovat uinnin jäljiltä kosteat, ja jokunen pisara pojan märistä hiuksista putoaa punaiseen maahan. Aurinko imaisee läikät hetkessä. Viisivuotiaan energialla Viljami spurttaa satasen suoran, rullaa kuin maailmanluokan sprintteri ensimmäiseen kaarteeseen asti ja kipaisee iloisesti saman matkan takaisin.

"Näitkö äiti, mä voitin! Oon supernopee, enkö ookin? Nopeempi kuin Batman, vai mitä?" Harvahampainen suu on leveässä naurussa, joka tarttuu. Kipa ottaisi mielellään edes osan tuosta estottomuudesta itselleen. "No olet kyllä tosi kova juoksija, Viljami", Kipa kehuu poikaa. "Olisipa pappa näkemässä, hän iloitsisi kovin."

Kipa on kertonut pojalle edesmenneestä isästään, jota tämä ei enää oikein muista. Pappa kuoli kolmisen vuotta sitten. Hän oli ollut aikoinaan nuorena miehenä kova yleisurheilija, juoksi nelisatasta ja kahdeksaasataa, voitti nuorten ratamestaruudenkin paikallisella kentällä. Vanhempana hän oli intohimoinen penkkiurheilija, jolle laji kuin laji kelpasi. Rakkainta lienee kuitenkin ollut yleisurheilu.

Kipa muistaa ne monet lapsuuskodin kisakatsomot, kun porukalla jännitettiin Virenin ja Puttemansin kaksinkamppailua viidentonnin juoksussa, tai etiopialaisten ja suomalaisten vuorovetoa olympialaisten kympillä. Miten isän katse terästyi, otsa tiukkeni ja ääni kiristyi, miten navettatakki unohtui riisua naulakkoon. Ja miten posket silenivät leveään hymyyn, kun loppukiri oli ohi ja sinivalkoinen juoksija ylitti ensimmäisenä maaliviivan. Jokunen pidätelty voimasana huulilta purkautui, jos lopputulos oli pettymys. Nyrkkiä ei lyöty kuitenkaan pöytään eikä väkijuomalla lähdetty oloa loiventamaan. Isälle urheilu oli elämä, arjen yläpuolelle kohottava eliksiiri.

Katse palaa tähän paikkaan ja aikaan. Isää ei enää ole, ei pappaa. Mutta on pieni pojanviikari ja hän, neuvoton tytär ja äiti. Kipa ei tiedä, miten voisi tarjota lapselleen sen mitä itse on saanut kokea: yhdessä jännittämisen, jaetun tunteen jonkin yhteisen suuren äärellä. Papan seurassa kaikki olisi ollut niin luontevaa, turvallista; pappa olisi osannut avata pojalle urheilun maailmaa. Kipa ei ajattele, että pojasta pitäisi tulla huippu-urheilija, mutta niin mielellään hän toivoisi tämän kokevan juoksun, hiihtämisen tai joukkuepelin riemua. Oppivan jakamaan jännityksen ja onnistumisen yhdessä toisten kanssa, tuntemaan kiihtymyksen kyyneleet, sydämen laukan ja riemun, joka järisyttää koko kehoa.

Joskus Kipa miettii, millaista olisi ollut itse nousta palkintopallille. Ajatus pyyhkiytyy kuitenkin pilvenhattaran lailla pois, hänellä ei ole tapana jäädä haaveilemaan olemattomia. Ei hänellä ollut edellytyksiä eikä isä sellaista häneltä odottanut. Jotkut sisarukset kisasivat ja tekivät ennätyksiä, hän suuntautui toisaalle.

Mutta tätä kaihertavaa kipua ei saa pois, vaikka sen voikin painaa pinnan alle. Miten hienoa olisi ollut seistä isän vierellä jääkiekkokaukalon tai urheilukentän laidalla ja seurata oman lapsen tekemistä? Nähdä ylpeys isän ja papan silmissä – miten paljon hän olisikaan antanut, että olisi saanut kokea sen?

Viljami on löytänyt radan vierellä jotain mielenkiintoista ja kyykkii sen luona keskittyneesti. Poikaa kiinnostavat ötökät ja kasvit, joita hän harva se päivä kantaa pientareilta ja ojan pohjilta kotiin tutkittavaksi.

"Hei Viltsu, juostaan vielä kierros yhdessä, ennen kuin lähdetään takaisin mummon luo!" Kipa huikkaa. Poika ei kuitenkaan malta irtaantua löytönsä parista.

"Okei, mä juoksen sitten, vedän kierroksen tai pari", Kipa puhuu lähinnä itselleen. Hän tarkistaa, että bikinit ovat kohdillaan, yläosan solki varmasti kiinni, ja kumartuu lähtöasentoon. "Paikoilleen, valmiit, nyt!"

Paljaat jalat läpsyen hän karauttaa ratakierroksen, taivas on sininen ja valkoinen, poutapilvet kaartuvat korkealla. Juoksu kulkee kevyesti ja vaivattomasti, kuin kouluaikojen kisoissa tällä samaisella kentällä. Viimeisen kaarteen jälkeen aukeaa loppusuora ja sydän takoen Kipa tikittää maaliin – mielessään hän kuulee hurraavan yleisön ja näkee siellä isänsä, tämän taivaansiniset silmät ja lämpimästi paukuttavat kourat.

Supersankari

Aleksi hihkuu pyörän turvaistuimessa, kun Raisa laskettelee pitkää, loivaa alamäkeä. Kumi laulaa asfaltilla, kesäinen tuulenvire lepattaa shortsin lahkeissa. Uimarannalle on sopivan mittainen ajomatka, tie on kevyt, vilvoituksen hetki aivan käden ulottuvilla. Päivästä on tulossa kuuma. Ihanaa päästä kotipihasta pois, veden äärelle.

Raisa ajelee peräkanaa naapurin Ninnin kanssa, vuoroin edellä, vuoroin perässä. He eivät tohdi ajaa rinnakkain, vaikka pyörätie on leveä ja näkyvyys hyvä. Ninnillä on kyydissään Amanda, joka on Aleksia vain vähän nuorempi. Lapset viihtyvät yleensä hyvin yhdessä pihaleikeissä, toistensa innostamana keksivät milloin mitäkin hauskaa. Yhteispeli ei tietenkään aina suju riidatta. Silti, sata kertaa helpompaa on näin, kun lapsilla on samanikäistä seuraa. Raisa ja Ninni ovat kumpikin väsyneet touhuamaan lapsen kanssa kahdestaan.

Ninnin vahvat pohkeet vilkkuvat ruskeina edessä, ja Amandan vaalea poninhäntä keikkuu iloisesti. "Kovempaa!" Aleksi huutelee äidilleen, koska ei halua jäädä kakkoseksi. Poika ei näe selän takaa juuri muuta kuin ohivilahtavan kanervikon ja punaruskeat, auringossa hohtavat männynrungot. Viimeisessä alamäessä Raisa kiihdyttää sen verran, että pääsee Ninnin ja Amandan rinnalle, ja lapset hihkuvat toisilleen. Hän sujauttaa liukkaasti Minnin ohi, ettei jäisi väylän tukkeeksi. Sitten he saapuvatkin jo perille.

Lapset pääsevät vöistään ja kypäristään, naiset lukitsevat pyörät ja suuntaavat rantaan.

"Näyttäisi olevan hyvin tilaa, onneksi!" Raisa toteaa ympärilleen silmäillen.

"Hyvä, että lähdettiin ajoissa liikkeelle", Ninni sanoo tyytyväisenä. He levittäytyvät sopivaan kohtaan hiekalle, purkavat pyyhkeet ja aurinkorasvat kasseista viltille. Lapset kiskovat puserot ja shortsit päältään, uikkarit on puettu alle jo kotona valmiiksi.

Amanda säntää suoraan veden syliin, Aleksi on arempi. Raisa tietää, ettei ole itsekään kummoinen vesipeto. Hän ei osaa edes sukeltaa. Minkä mallin hän antaa pojalle?

"Hei Aleksi, nyt mennään veteen!" Raisa reipastuu ja ponkaisee viltiltä. Hän kastaa varpaansa rantaveteen, joka tuntuu yllättävän viileältä. Ei auta, vaikka sää on helteinen. Raisa kahlaa vähä vähältä syvemmälle ja houkuttelee Aleksia mukaansa, ottaa tätä käsistä kiinni ja hyppyyttää vedessä, hivuttautuu kauemmas. Poika kiljuu, ei haluaisi tulla pidemmälle. Amanda roiskuttaa vettä, polskii käsipohjaa pikkubikineissään, hihkuu: "Kato, äiti, kato, mä uin!"

Aurinko läikkyy järven pinnassa ja häikäisee niin, että silmiin sattuu.

"Olisi pitänyt ottaa jonkinlainen hattu päätä suojaamaan, en tajunnut edes pojalle laittaa", Raisa tunnustaa. Ninni on kietaissut Amandalle soman huivin. Pienet korvikset kimaltavat. Äiti ja tytär ovat sieviä kukikkaissa uikkareissaan. Raisa ei halua katsoa omia kalpeita koipiaan.

Ranta alkaa täyttyä lapsiperheistä. Kauempana järvenselällä näkyy jokunen uimari, laiturilla joukko nuoria ilakoi ja kisailee, hyppii ja tönii toisiaan veteen. Molskahduksia, kiljahtelua, kesäisiä rantaelämän ääniä. Uimavahdit punakeltaisissaan seuraavat tilannetta silmät tarkkana, käyvät huomauttamassa, jos leikki näyttää yltyvän liian raisuksi.

Kikattaen ja roiskutellen Aleksi ja Amanda kirmaavat rantavedessä. Ninni ja Raisa vetäytyvät vilteille ja alkavat kaivaa eväitä esiin. Persikoita, herneenpalkoja, juustoreissareita, pillimehut lapsille.

"Haetaanko kahvit?" Raisa kysyy, ja Ninni nyökkää kaivaen kukkaroa kassistaan. "Käy sä ostamassa meille, niin mä pidän lapsia silmällä", Ninni ojentaa viitosen seteliä.

Raisa nousee viltiltä ja vetää shortsit ylleen. Uimapuku on vielä kostea, mutta se vain viilentää oloa mukavasti.

Aleksin naama menee mutruun, mutta hän ei ehdi aloittaa parkumista, kun Ninni jo kiinnittää pojan huomion muualle. Kassin uumenista löytyvä minikokoinen Lepakkomies nostaa leveän hymyn lapsen kasvoille. Amanda saa toisen muovisen

71

supersankarin, ja lapset ryhtyvät kaivelemaan hiekkalapiolla näille luolaa.

Kahvimukit käsissään Raisa palaa viltille ja väistää jalkoihinsa pyörähtävää Aleksia. Poika kärttää syliin. "Odota, äiti juo tän kahvin ensin", Raisa kirahtaa. Kurkkua kuristaa, kahvi maistuu äkkiä karvaalta. Tuttu ärtymys nostaa päätään. Eikö edes yhtä hetkeä saa olla rauhassa. "Leikkikää nyt vaan kiltisti Amandan kanssa, tehkää Batmanille ja Hämikselle vaikka linna."

Kihinää ja nahistelua kuuman auringon alla, olkapäät punottavina, missä se rasva nyt olikaan. Raisa haluaisi päästä varjoon, mutta sitä ei lähistöllä ole tarjolla. Eikä tätä leiriä jaksaisi lähteä muuttamaankaan. Miten vaikeaa rentoutuminen oikein on?

Raisaa uuvuttaa ja ahdistaa kaikki. Unet ovat jääneet vähiin viime aikoina – oikeammin: viime kuukausina, vuosina. Hän on kuin ontto, kuiva kuori, aivan tyhjiin puserrettu.

Ranta heidän edessään kuhisee elämää. Raisa katselee vedessä puljaavia lapsia, isiä ja äitejä, kaikenikäisiä ja kokoisia. Ruskettuneita ja kalpeita, laihoja ja pyöreämpiä vartaloita, karvaisia sääriä, värikkäitä bikineitä, hillitympiä uimapukuja, kaikki sulassa sovussa.

Nuori, hyväkroppainen mies peuhaa pienen poikansa kanssa, heittelee tätä hurjanoloisesti veteen, kopittelee ja kiepsauttaa ympäri, roikottaa jaloista. Poika kiljuu ilosta ja kauhusta, hän tietää, että on turvassa. Isän vahvat kädet kaappaavat pojan syliinsä, ja he kahlaavat nauraen rannalle,

72

muun perheen luo. Äiti keltaisessa hellemekossaan istuu viltillä ja imettää vauvaa, ja isä kietoo yhä kikattavan pikkupojan pyyhkeen sisään ja hieroo tätä hellästi kuivaksi. Kaikki neljä ovat tiiviisti lähekkäin, aito lämpö paistaa heistä kauas. Raisa kääntää katseensa pois ja työntää hiipivän kaiherruksen mielestään. Ninni tutkii puhelintaan otsaansa rypistäen, ja puuskahtaa kyllästyneesti:

"Jerelle ei taaskaan sovi. Amandan piti mennä sinne viikonlopuksi, mutta jotain on taas tullut. No, eipä ollut yllätys."

Raisa vilkaisee ystäväänsä. Tämän päättäväisille kasvoille on noussut ärtymyksen juonteita, ääneen katkeruutta. Raisa ei tiedä Jeren ja Ninnin asioista juuri mitään, hän ei ole miestä koskaan edes nähnyt. Ninnin kanssa hän on ystävystynyt näiden kolmen vuoden aikana, jona he ovat olleet naapureita. Heillä on ikäeroa, mutta se ei haittaa. Hiekkalaatikolla on jaettu monet turhautumisen ja väsymyksen hetket, kuin myös toivon ja ilon pilkahdukset. Molemmille on tuttua riittämättömyys vanhempana, se kaikki vastuu, joka harteilla painaa.

Raisa miettii toisinaan, olisiko helpompaa elää yksinhuoltajana. Voisi reilusti ajatella, että on yksin vastuussa kaikesta: päätöksistä, kasvatuksesta, kotitöistä. Ei tarvitsisi odottaa toisen panosta. Eikä tarvitsisi pettyä.

Hän ei muista, milloin viimeksi on nähnyt miehensä lähtevän pojan kanssa pihalle pallottelemaan tai leikkimään piilosta. Monet kerran hän

73

itse on värjötellyt tihkusateessa, laskenut kahteenkymmeneen pyöräkatoksen takana, leikkinyt lumisotaa varpaat kohmeessa. Viime talvena hän koitti opettaa poikaa hiihtämään, mutta se taistelu ristiinmenneiden suksien ja sauvojen kanssa päättyi kiukkuun ja lopulta molempien kyyneleihin. Mitä iloa on sellaisesta liitosta, jossa ei voi jakaa arjen haasteita toisen aikuisen kanssa? Eikö puolison tehtävänä ole rohkaista toista, vakuuttaa: "Kyllä me yhdessä pärjätään, ei mitään hätää!" Saisi mennä läpi epävarmuuden, valaa toiseen toiveikkuutta ja nähdä eteenpäin. Katsoa samaan suuntaan, rinnakkain.

"Äiti, mul on nälkä", Amanda kiepsahtaa äkkiä äitinsä syliin ja ottaa tätä molemmista poskista kiinni. "Kulta, niin mullakin", Ninni vastaa ja alkaa keräillä pyyhkeitä ja muita tarvikkeita kokoon. "Onneksi on broilerikastike valmiina, ei tarvitse kuin lämmittää ja keittää nuudelit."

"No niin, eiköhän me sitten lähdetä. Onko Aleksi valmis?" Raisa puuskahtaa. Häntä tympäisee ajatus rasvankäryisestä keittiöstä, ainaisesta jauhelihan käristämisestä, kastikkeen teosta ja likaisten astioiden röykkiöstä.

Poika kaivelee hiekkalinnan uumenista Lepakkomiehensä, ja pyyhkäisee irtohiekat sen viitasta. "Saisinko mä tän omaksi?" hän kysyy silmät kirkkaina Ninniltä, joka nyökkää iloisesti. "Saat, pidä hyvä huoli siitä. Se on sun tästä lähtien. Voit tuoda sen meille joskus leikkimään Hämiksen kanssa. Sovittu?"

"Sovittu!" Aleksi ilahtuu ja puristaa supersankarin pieneen nyrkkiinsä. Koko kotimatkan sen musta viitta vipattaa iloisesti tuulenvireessä.

Perhejoulu

"Lindaaa, koittakaa jo nousta sieltä! Kello käy kymmentä, nyt on aatonaatto, ja kuusen haku edessä. Sovittiin teidän hommaksi eilen!"

Kärsimätön koputtelu Lindan makuuhuoneen ovelle havahduttaa unen keskeltä Jeren, jonka kainalossa Linda vielä silmät kiinni tuhisee. Tummat, pitkät hiukset levittäytyvät viuhkana poskelle, peitonreunan alta pilkottavat pitsiset pikkuhousut ja kapoinen selkä. Jere suukottaa tyttöä hellästi nenänpäähän.

"Sun mutsi hermoilee tuolla jo joulukuusen hausta. Pitäiskö nousta kahville?"

"Ähmmph", Linda äännähtää sameasti. "Ei jaksais, voidaanko vaan jäädä tänne peiton alle. Mun on kylmä! Tuu tänne, mussukka, lämmitä mua."

Jere kietoo käsivartensa Lindan hoikan vartalon ympärille ja vetää peiton molempien pään yli. Niin ei kuitenkaan jaksa pitkään olla, happi tuntuu loppuvan ja hänen tulee kuuma.

"Mun on kyllä vähän nälkä. Mentäiskö jo alakertaan?"

Jere sukeltaa Lindan kylkeen ja alkaa kutittaa tätä, onnistuukin tavoitteessaan. Tyttö alkaa kiemurrella ja kiljua: "Lopetaaaa, Jere, LOPETA! Sä niin tiedät, etten mä kestä kutitusta!"

Peittoon sotkeutuneina molemmat mätkähtävät lattialle nauraen.

"Okei, mennään sit", Linda myöntyy ja pörröttää Jeren tukkaa. "Mut ensin on pestävä hampaat, mä haluun tän tahmasen maun pois."

Pian nuoret tömistävät rappusia alas keittiöön, jossa aamiaisastiat ovat kotoisasti levällään pöydällä. Lindan pikkuveli kaataa muroja kulhoon, kahvinkeitin porisee uutta satsia. Lindan äiti nostaa jääkaapista avaamattoman maitotölkin pöytään. Jere toivottaa huomenet ja istuu vapaalle tuolille pikkuveljeä vastapäätä. Kaksoset pyörivät puoliksi pöydän alla ja kihertävät. Niillä on joku piiloleikki meneillään. Ehkä ne vielä vähän ujostelevat Jereä.

"Missä faija?" Linda kysyy haukotellen samalla kun voitelee sämpylää. "Töissä", äiti sanoo, "Jukka joutui lähtemään jo aamusta, se tuuraa Sinkkosta, joka on sairaana. Ja mulla on taas iltavuoro aattona, eli ei arpaonni suosinut tälläkään kertaa. Mutta joulupäivänä me ollaan vapaalla, ja voidaan olla rauhassa perheen kesken."

Hän vilkaisee nopeasti Lindaan, joka ei ole huomaavinaan. Jere kyllä rekisteröi katseen.

"Mennäänkö me mummille, vai tuleeko mummi meille?" Pikkuveli tiedustelee muroja lusikoidessaan.

"Oli tarkoitus mennä mummille syömään ja kahville, teidän serkut on tulossa myös."

77

"Ai Niko ja Nella, vai?"

"Niin", äiti vahvistaa. "Mun veljen perhe siis tulee. Auviset taitaa mennä toiseen mummolaan tänä jouluna, vuoropeli. Ja olishan niillä pääkaupungista asti tänne matkaa. Näillä keleillä ei ole niin mukava tien päälle lähteä."

"Eikä, ihanaa, että kerrankin tulee kunnolla lunta!" Linda puuskahtaa. "Kiva, kun on koko syksyn vaan ollut niin pimeetä, synkkää ja märkää."

"No juu, kyllä vaan. Nyt muuten kannattaa aika nopsaan lähteä sitä kuusta hakemaan. Saatte sen hyvissä ajoin sisälle kuivumaan. Tuolla on Jerellekin saappaat, kokeile, ne varmaan sopii. Lunta voi metsässä olla jo sen verran, ettet matalavartisilla kengillä pärjää."

"Joo, kiitti. Ja kiitos aamupalasta – ja seurasta!" Jere nousee pöydästä muksauttaen Lindan pikkuveljeä leikkisästi olkapäähän. Veli irvistää leveästi ja tähtää kuvitellulla pistoolilla Jereä, on ampuvinaan tätä ja puhaltavinaan savut tyylikkäästi ilmaan. "Onks sun Jere pakko lähteä kotiin, mikset sä voi jäädä? Jää pliis, pelataan taas jotain. Noi likat ei välitä pleikkarista."

"Äläs nyt Topi, pääseehän Jere tänne uudelleen. Kyllä joulua pitää viettää oman perheen kanssa, onhan se vähän niin kuin tapana. Ainakin vielä, kun te olette niin nuoria", Lindan äiti suuntaa nyt sanansa Jerelle ja Lindalle, samalla kun korjaa pöydästä aamiaistarpeita.

Linda hyppää Jeren reppuselkään ja ohjastaa tämän keittiöstä eteiseen. "Mä en päästä sua, mä laitan sulle ohjakset. Saat ehkä raippaakin", hän kikattaa. Kaksoset rientävät leikkiin mukaan ja

78

läpsivät hihitellen vuoroin Jereä, vuoroin isosisko-
aan pepulle. Topi yrmistelee sen näköisenä, ettei
viitsi alentua moiseen.

Jere kiskoo eteisessä kumisaappaita jal-
kaansa, ja vilkaisee kuvaansa peilistä. Hämmen-
tynyt teinipoika, epävarma pitkäksi hujahtaneesta
vartalostaan ja omasta olemisestaan, vieras ja
muukalainen itselleenkin. Tässä talossa hän tun-
tee kuitenkin olevansa kotonaan, on löytänyt
oman tilansa. Hän on nähnyt hyväksyvän katseen
paitsi Lindan, myös tämän vanhempien ja mum-
min silmissä, niin, ja pikkuveljen.

Jere on aina toivonut veljeä tai siskoa. Hän on
vanhempiensa ainoa lapsi - miksi, sitä hän ei
tiedä. Alakoululaisena hän joskus tinkasi äidiltä,
eikö voisi saada veljen tai -siskon. Äiti vain huo-
kaisi raskaasti, taputti häntä päälaelle ja to-
tesi: "Voi rakas. Ei siitä tulisi mitään. Mahdoton
ajatus."

Sen enempää hänestä ei irronnut.

Kaksoset kirmaavat myös ulos. He tarttuvat ra-
pun pielessä sojottaviin muovisiin lumilapioihinsa
ja alkavat toiveikkaasti kasata pieniä lumikekoja
keskelle pihaa. Viikolla on satanut jonkin verran
lunta, mutta se ei ole nyt nuoskaista eikä siitä saa
lumilinnaa. Kaksi heiveröistä lumiukkoa kuitenkin
on todisteina edellisen päivän ahkeroinnista. Mo-
lemmilla risut käsissä ja porkkanat neninä, toisen
pää on huojahtanut vinoon.

Linda ja Jere lompsivat metsikköön tontin lai-
dalla. Lumilaikkujen keskellä sojottaa useita terha-
koita kuusia ja jokunen sileärunkoinen haapa. Sa-

haa kantaessaan Jere äkkiä muistaa vuosien takaisen mökkireissun, jolla he isän kanssa hakivat vajasta polttopuita saunalle. Vajan seinustalla roikkui ruostunut poikkisaha, ja vanha, varresta puoliksi katkennut kirves. Isä ähki ja kiroili, kun puita piti pilkkoa lisää. Äiti oli jossain, uimassa ehkä, tai tiskaamassa, hänestä ei ollut apua. Isä oli juovuksissa, taas, ja Jereä pelotti.

"Kyllä noi puut jo varmaan riittää", Jere yritti ja vetäisi varovasti isää hihasta. Kirves huojahti ja mätkähti maahan sahanpurujen keskelle.

"Perrrkele!" isältä pääsi. "Väistä!"

Hän tarttui varteen uudelleen, heilautti kirveen päänsä yläpuolelle ja iski. Koivuhalko halkesi napsahtaen ja säleet sinkoutuivat vajan seinään. Isän hikinen naama punoitti, hän sylkäisi räkäklimpin ja veti suutaan tyytyväiseen virneeseen. Sitten hän pyyhkäisi otsaansa, kaivoi tupakat taskustaan ja sytytti yhden.

"Kannapas sinä poika noita polttopuita tuosta saunalle, niin päästään tänään vielä löylyyn! Sitähän varten tänne mökille on tultu. Pitää vielä käydä kyläkaupalla. Tarvitaan vähän saunakaljaa ja sulle limpparia, vai mitä?"

"Jere, oisko tää hyvä?" Linda mittailee kuusiehdokasta arvioivasti pipo vinossa. Hän kiertää kuusen toiselle puolen ja katsoo Jereen kysyvästi.

"Joo, otetaan vaan se. Näyttää tasapuolisen tuuhealta", Jere vahvistaa ja ojentaa sahan toisen pään Lindalle. He puistelevat lumet kuusen alimmilta oksilta ja alkavat hinkuttaa vuorovedoin. Metsikössä on muuten hiljaista. Vain sahan suhina ja nuorten kevyt puuskutus. Orava rapistelee

80

jossakin lähistöllä. Sen punaruskea häntä vilahtaa ja pudottaa pienen lumipilven oravan hypätessä kuusen oksalta toiselle.

Kuusi on kaadettu ja valmis vietäväksi sisään kuivumaan. Koristelu tapahtuu vasta huomenna, aattoaamuna, eikä Jere ole enää sitä näkemässä. Hänen pitäisi lähteä tänään kotiin. Vatsaa kouristaa.

Mieleen tunkee kuvia jokajouluisesta aattopäivän kireydestä, ahdistuksesta, jolle ei löydy muotoa, ei sanoja. Äidin pakonomainen hääräily, jota on kestänyt jo päiväkausia, tiuskaisut ja mutinat keittiössä, puhelimen vilkuilu kauppareissulla, säpsähtely auton ratissa. Jos faija soittaa. Kun se pyytää tuomaan lisää kaljaa. Ihan vaan sikspäkin. Vähän loiventavaa. Aattoiltana ei sitten enää, sitten on joulurauha, niin se sanoo. Äidin murheelliset silmät, latistunut olemus.

"Miksi sä äiti ostat sille? Et osta! Menköön ite ja hakekoon omat kaljansa!" hän raivoaa äidille kauppassa, kun he kaartavat juomaosastolle. Mutta äiti ei sano mitään. Pudistelee vain päätään ja noukkii karhupatteriston kärryihin. Jereä nolottaa niin, että hän katoaa kassojen ohi ulos. Sisimmässä kiehuu.

Aattoiltaa kohti tunnelma kiristyy. Faija on vetänyt päiväunet, ja nousee tokkuraisena peiton alta. Jouluradiossa Jorma Hynninen laulaa muhkealla baritonillaan *"En etsi valtaa, loistoa"*.

"Tuota ulinaa kukaan kestä", faija ärähtää ja sulkee radion. Äiti on kattanut pöytään paremmat kupit ja punaiset servietit, asettelee torttuja ja pi-

81

pareita lautaselle. Pullavadilla tuoksuu karde-
mumma. Kahvihetki on äidille tärkeä, hän haluaa
kaikkien olevan rauhassa ja sopuisia. Hän toivoo
sitä niin kovasti, että on itse kuin viulunkieli. Kah-
via kaatava käsi tärisee hiukan. Pullat ja muut lei-
vonnaiset katoavat nopeasti, ja äiti itse jää vielä
pöytään istumaan, kun muut jo nousevat. Tuikku-
kynttilä lepattaa orpona. Lasin takana hehkuu tu-
pakan tulipää, faija siellä polttelee ties monettako
päivän nikotiiniannostaan.

Jere on usein ulkona kulkiessaan katsonut pi-
meässä erottuvia, talojen valoisia ikkunoita. Niistä
lämpimästi hohtavat valot tuntuvat kertovan: täällä
asuu onnellinen perhe. Meillä täällä sisällä on su-
loisen kodikasta, turvallista ja leppoisaa. Idyllinen
näkymä pimeässä talvi-illassa on saanut hänet
kaipaamaan jotain.

Valoisa kodin ikkuna on kuin kutsu johonkin ih-
meelliseen, sadunomaiseen maailmaan, hyvyy-
den taikapiiriin. Katsoessaan tuota valoa hän tun-
tee kuitenkin jäävänsä sen ulkopuolelle. Kipu nos-
taa palan kurkkuun.

Joulurauhan julistus ja lahjapaketit eivät kuu-
luisi samaan päivään, Jere ajattelee. Jos joulupäi-
välliseen asti on selvitty riitelemättä, viimeistään
silloin ratkeaa. Pikkupoikana Jere joutui kerran is-
tumaan kaksi tuntia pöydässä, jotta sai lopulta
nieltyä herneet ja rosollit lautaseltaan. Faija jyrisi
vieressä, ettei tule lahjojakaan, jos ei lautanen tyh-
jene. Äiti yritti puolustaa häntä. Riittää, että edes
maistaa, se sanoi ja faijan käydessä tupakalla kie-

taisi nopeasti roskikseen loput. Kioskille tuli hetim-miten sitten asiaa. Faijan hermo ei pitänyt. Olutta piti saada. Joulu oli jo pilalla. Jälleen kerran.

"Kulta, kuulitko sä?" Linda kiepsahtaa Jeren kaulaan ja pussaa poskelle.

"En. Niin, mitä?" Jere havahtuu.

"Että mä laitan tähän kuuseen koristeeksi sen suklaasydämen, jonka sä toit. Sopiiko? Syön sen heti pois, kun tulee sua ikävä. Varmaan siis jo heti kun oon ripustanu sen", Linda sepustaa ja katsoo Jereä hellästi silmiin.

Lindan äiti astuu eteiseen lahjakassi käsis-sään. Hän ojentaa sen Jerelle.

"Tässä vähän joulutuliaisia kotiin, vie terveisiä!" Jere ottaa lahjat, kiittää ja punastuu. Hänellä ei ole antaa mitään, hän ei ole edes tullut ajatelleeksi. Vanhemmistaan tai kodistaan hän ei ole juurikaan kertonut mitään.

Junassa hän kurkistaa kassiin, joka tuntuu aika painavalta. Siellä on sellofaaniin kääritty, muhkea joulutähti ja joku lasinen, tumma pullo. Jere nos-taa varovasti lasipullon: konjakkia. Vatsassa mul-jahtaa.

Astuttuaan ulos Jere huomaa asemarakennuk-sen edessä penkillä värjöttelevän miehen. Tämä on pukeutunut varmaan kaikkiin omistamiinsa vaatekerroksiin, ja vetänyt kuluneen karvareuh-kan päähänsä. Siitä huolimatta hän näyttää vilui-selta. Miehellä on vieressään muutama pullea muovikassi, joiden sisältöä Jere ei jää arvaile-maan. Hän ojentaa pullon miehen käteen ja toivottaa hyvää joulua. Silmät kostuneina mies jää katsomaan, kun poika harppoo iso putkikassi olallaan ja katoaa aatonaaton hämärään.

Uusi toivo, uskallus

"Tuo armon valkokyyhky
näin viestin maailmaan,
jo laantuu tuskan nyyhky
käy toive versomaan."

Mirjami hyräilee hiukan epävireisesti pakatessaan kuusenkoristeita vanhaan kenkälaatikkoon. Hän ei ole varma laulaja, ei pääse korkeisiin säveliin niin kuin anoppi, jolla on kirkas, kantava ääni. Mutta anoppi ei ole nyt kuuntelemassa, joten Mirjami ei pidättele. Kaikki kaunis haikeus on pakattuna tähän joululauluun.

Kotimetsästä kannettu joulupuu kesti hyvin loppiaisen yli, mutta enää ei juhla-aikaa voi venyttää. Eilen oli Nuutin päivä, joululle on vihdoin sanottava hyvästit. Miten tämä ottaa aina yhtä koville, Mirjami ihmettelee.

Onneksi on iloisia apureita talo täynnä. Lapset saivat tehtäväkseen kerätä yläkerrasta koristeet, hopeanvalkeat joulukellot tyttöjen huoneen ovelta ja tonttukuvioisen seinävaatteen hallista. Punainen adventtikynttelikkö nostettiin senkin päältä ja olkipukki pakattiin kirstuun.

Kuusen oksia koristaneet hopeanauhat ja pallot on riisuttu ja pantu talteen odottamaan seuraavaa joulua. Uusia ei tarvitse varmaan paljon hankkia, elleivät lapset sitten koulussa askartele. Vanhimmista koristeista voisi jo hankkiutua eroonkin. Mirjamia naurattaa, kun hän muistaa poikansa ilmeen tämän puraistessa houkuttelevan näköistä joulukaramellia. Kaunis oli kääre, mutta kova ja pahanmakuinen sisus. Hyvä, ettei hammas lohjennut.

Kun kuusi on riisuttu ja mies kantanut sen ulos, Mirjami lakaisee lattialle varisseet neulaset. Toinen pojista saa kiikuttaa kuusenjalan takaisin vintille, samaan paikkaan koristeiden kanssa. Matot vielä rullalle ja pihalle tuulettumaan. Lattiat paljaaksi, imuri soimaan. Sen hurinaan epävireinenkin laulu mahtuu.

Pian talo taas tyhjenee. Vanhimmat lapset häipyvät opiskelupaikkakunnille, lukukausi käynnistyy. Pitkä joululoma on palauttanut Mirjamin takaisin siihen tuttuun hälinään ja vilskeeseen, jota hän on kaivannut. Syksyn pitkät viikot pimeine iltoineen imevät hänestä elämänvoiman. Leipomiset, siivoamiset, navettatyöt ovat arkea, siihen kaikkeen on toki kasvanut vuosien saatossa. Jo nuorena tyttönä kotitalossa nuo askareet kuuluivat hänen tehtäviinsä, ei silloin kukaan ehtinyt jouten olla. Heitäkin oli kahdeksan sisarusta, tyttöjä kaksi, ja niinpä naisten töitä riitti molemmille. Ei

Mirjami sitä huonolla muistele. Mutta tässä talossa heitä on kaksi emäntää, ja se on raskasta.

Joulukortteja niputtaessaan Mirjami huomaa yhden, jonka lähettäjänä on vanha kansakoulun opettaja. Kas, tätä en muista nähneeni, hän tuumii, kääntelee korttia käsissään ja tutkii sulavina kaartuvia kaunokirjaimia. Päivät ennen joulua olivat työntäyteisiä, postia ei aina tullut katsottua. Opettaja on kirjoittanut niin kauniisti, toivottanut siunausta ja joulun valoa.

Äkkiä Mirjamin mieleen muistuu se syksy, jolloin kuopus aloitti koulun. Hän ei varsinaisesti muista tuosta syksystä mitään, se on yhtä tyhjää aukkoa, mustaa ja pimeää. Kuinka hän siihen aukkoon putosi, tai miten selvisi pimeän läpi, sitä hän ei osaa sanoa. Hän muistaa vain tyhjyyden, ja sen, miten sydämen valtasi voimakas tarpeettomuuden tuntu.

Kun kaikki, mitä varten hän eli ja oli olemassa, tuntui äkkiä otetun pois. Hän on äiti, ensisijaisesti äiti – ruokkija, vaatettaja, huolehtija – ja lapset ovat hänelle suurin Jumalan lahja.

Sinä syksynä tapahtui jotain. Kun kuopus lähti ekaluokalle, kaikki muuttui. Kotona oli aina vastassa anoppi, jonka läsnäolo alkoi tuntua yhä raskaammalta. Ei ollut tilaa hengittää, ei paikkaa, johon paeta. Anopin kaikkinäkevä katse piinasi häntä, tuntui arvostelevan ja arvioivan hänen tekemisiään: ei kelpaa.

Iltaisin hän kaatui uupuneena sänkyyn, mutta ei väsymykseltään saanut unta. Kaikki alkoi hajota, hämärtyä. Siitä alkoi pudotus. Lopulta hänet vietiin parantolaan, lepäämään, keräilemään voimia. Heiveröisiä murusia, jotka johdattivat polun päähän uudelleen.

Ymmärsikö perhe? Miten selvisi tai sopeutui? Tuosta syksystä ei juuri puhuttu. Itkunsa kukin ehkä itki, tai kovetti mielensä, jokainen tavallaan. Sinä vuonna adventti oli erilainen, sen hän muistaa. Se oli raolleen avautunut ovi, josta valo loistaa kirkkaana, kutsuvana.

Mirjami voisi veisata adventinajan virsiä läpi vuoden, ne ovat niin rakkaita. Miksei voisikin, hän havahtuu, vaikkapa nyt! Eihän seuraavaan jouluun ole enää kuin vuosi.

Tuvan ovi aukeaa, anoppi on noussut päiväuniltaan ja astuu ähkäisten sisään. Mirjami tarttuu lattiamoppiin ja alkaa laulaa:

"Autuas kansa, kaupunki,
kun Jeesus saapuu Herraksi.
On siellä rauha, rakkaus
ja uusi toivo, uskallus.
Hän tullessansa armon tuo
ja avun neuvoillansa suo.
Nyt olkoon kiitos Jeesuksen,
hän saapuu luokse syntisen."

IV Yhteys

Ikävä jonnekin, jotakuta

Kadonnut yhteys

Katsoin kiiltävien kiskojen suuntaan. Sumu nielaisi ne pian kitaansa. Olinko kuvitellut kaiken?

Oli hiljaista, mutta sisällä päässäni meluisaa, jollakin selittämättömällä tavalla riehakasta ja kaihoisaa yhtaikaa. Viime päivien tapahtumat pyörivät sekamelskana mielessäni. Kaikki sai alkunsa kenkälaatikollisesta, joka verkkokellaria penkoessa luiskahti syliin. Sen kansi aukesi ja lattialle levähti kasa vanhoja kirjeitä, postikortteja ja muuta sälää vuosikymmenten takaa. Nostin yhden, jo hiukan kellahtavan kirjeen käteeni ja käántelin sitä: lähettäjänä Claudia Dresdenistä, DDR-postimerkki ja leima vuodelta 1987. Toinen, ohuenohut lentopostikuori Israelista 1981. Pöyhäisin kirjeet hätäisesti takaisin laatikkoon, mutta se oli turhaa. Muistojen pölyttynyt kela pyörähti rutisten käyntiin eikä sitä voinut enää pysäyttää.

91

Nappasin laatikon kainalooni ja päätin hypätä aikamatkalle menneisyyteen. En ehkä välttäisi äitini kohtaloa, joten nyt se olisi tehtävä. Muutama vuosi sitten todettu Alzheimer on jo lohkaissut äidin elämänhistoriasta isoja kappaleita. Minun ei ainakaan kannattaisi jäädä odottelemaan. Nousin hissiin, joka nytkähdellen palautti minut kuudennen kerroksen asuntooni. Kumosin laatikon sisällön pöydälle ja napsautin kohdevalon päälle. Olin saanut postia Oulusta, Turusta, Pankavaaralta, Leipzigista, Itä-Lontoosta. Silmäilin lähettäjien nimiä ja osoitteita. Jotkut niistä tuntuivat vain etäisesti tutuilta. Kuulin, miten muistin musta aukko jo pahaenteisesti humisi. En antaisi sille periksi - vielä.

Laatikon sisuksista vyöryi hapertuneita pääsylippuja konsertteihin ja taidenäyttelyihin, interrailleimavihko, vanha opiskelijakortti, passi, valokuvauskerhon jäsenkortti ja mitä vielä. Tutkin mustavalkoista kuvaani ja muistin elävästi hetken, jolloin se otettiin. Pitkät palmikot mukahuolettomasti olkapäille aseteltuina katson eteerisesti kaukaisuuteen - niin halusin tulla nähdyksi. Valokuvauksen opettaja sääti valot ja taustat ja painoi laukaisinta. Pimiötyöskentely oli kiehtovaa. Olin innokas oppilas.

Lippusten ja lappusten seasta osuu sormiini hiukan reunoistaan revennyt ruutupaperi, johon on loivalla etukenolla rustattu jokunen rivi. Teksti on haalistunutta ja sanoista on vaikea saada selvää. Tunnistan kyllä oman parikymppisen käsialani, nuo korostetun lennokkaat koot ja hoot, joita tieten tahtoen harjoittelin. Mitä epäselvempää, sen taiteellisempaa, muistan ajatelleeni.

Numeroidut rivit nostavat äkkiä kirkkaan oivalluksen: siinä on Anssi Tikanmäen *Maisemakuvia Suomesta* -levyn kappaleiden nimet! Tikanoja oli Millan rakastama muusikko, jota hän opetti minutkin kuuntelemaan. Sain Millalta kasetin, johon hän oli äänittänyt nuo kappaleet, ja soitin sitä joskus korvalappustereoissani junamatkoilla kouluun tai takaisin. Jaoimme opiskelija-asuntolan huoneen ja paljon muuta. Ystävyytemme kasvoi ja lujittui yhteisten junamatkojen myötä.

Niin, ja kyllähän me myös toisinaan liftasimme, kun halusimme vaihtelua. Tien päälle emme jääneet koskaan. Millan oljenvaalea polkkatukka, hymykuopat ja pieni, siro olemus vetosi autokuskeihin, yhtä lailla miehiin kuin naisiin. Olimme kaksi sinisilmäistä hämäläistyttöä matkalla opinahjoomme parin sadan kilometrin päähän, Satakuntaan.

Ja se interrail-reissu, jonka tein Millan kanssa!! Pengon kenkälaatikosta uudelleen esiin tuon pikkuruisen kirjan, jonka leimat ja paikkakunnat vili-sevät muistini harmaissa syövereissä. Junia ja asemia läpi Keski-Euroopan, tungosta, kylttejä ja säriseviä kuulutuksia. Matkasimmme Bremenistä etelään, Bonnin kautta Sveitsiin, sieltä Itä-Saksan puolelle, Dresdeniin. Siellä yöllinen seikkailu majapaikkaa etsien tuttujeni luota, joita emme sitten löytäneet. Umpiuupuneina, pimeää kadunvartta rinkat selässä tarpoen päädyimme satunnaiseen osoitteeseen, jossa tuntematon perhe otti meidät huomaansa. Muistan hämärästi tuon tunteen, mutta kuva ei tarkennu. Mitä todellisuudessa tapahtui? Kirjeitä kai sittemmin vaihdettiin, ja oikea osoitekin päivänvalossa löytyi. Tämän haluaisin jakaa Millan kanssa! Tohtisinko, löytäisinkö hänet vielä, olisiko meillä mitään sanottavaa toisillemme? Välissä muutama vuosikymmen elämää tahoillamme?

Kaksi viikkoa myöhemmin sain tekstiviestin tuntemattomasta numerosta. Vastasin siihen. Ripeästi sovittu tapaaminen toisi mahdollisesti vastauksen kysymyksiini. Toivoin niin, ja ehkä myös hiukan pelkäsin.

Kun hän sinä iltana astui junasta laiturille, tiesin.

Lasin takaa

Kyllä mies alkuun yritti. Voi luoja, etteikö hän yrittänyt. Hän olisi halunnut kuulua joukkoon, kokea olevansa sisäpuolella. Mutta kerta kerralta se tuntui turhauttavammalta, mahdottomalta yritykseltä. Hän ei ollut tarpeeksi sellainen, joka olisi halunnut olla, jotta olisi voinut solahtaa piiriin. Vaimon perhe ja suku olivat valovuosien päässä hänen kokemusmaailmastaan.

Mies kallistaa tuoppiaan ja kulauttaa sen tyhjäksi, röyhtäisee. Hän on yksin kotona, hyvä niin. Vaimo lähti pojan kanssa sukulaisiin. Menivät vaimon siskontytön rippijuhliin, vai oliko se veljentytön, kuka näitä muistaa. Mies on jo aikaa sitten tipahtanut niiden nimistä ja ikäjärjestyksistä. Vielä pahempia ovat vaimon enot ja tädit – niistä ei kukaan pysy kärryillä. Liuta samannäköisiä, puolikaljuja, pitkiä miehiä, ja näiden puheliaita vaimoja. Kyllähän he häntä aina ystävällisesti tervehtivät, mutta jutunjuurta ei oikein löydy. Hän tuntee itsensä ulkopuoliseksi, jotenkin huonommaksi.

95

Mies muistaa hyvin sen helvetillisen kuuman kesäpäivän, jolloin he ensi kertaa pölähtivät vaimon lapsuuskotiin. Aukealle pihamaalle oli kasattu rykelmä puutarhatuoleja. Aurinko paahtoi armotta, ja lauma serkkuja ja tätejä ja keitä vielä syynäsi häntä kuin vierasta sikaa. Niin, kirjaimellisesti vierasta sikaa, hän tunsi nahoissaan. Hitonmoinen ensitapaaminen. Ja hän, joka hikoilee itsensä märäksi jo pelkästä auringon ajatuksesta, joutui siinä varjottoman nurmikon keskellä kärvistelemään. Ei ollut aivan suotuisimmasta päästä esittäytyminen vaimon, tai silloisen tyttöystävän, suvulle. Mistä nekin tiesivät sinä päivänä juuri sinne kokoontua, ei kai mikään sukujuhla kuitenkaan ollut kyseessä. Vai oliko. Kaiketi niitten tapana oli viettää iltapäivää toistensa luona kahvitellen.

Menninkäinen ja päivänsäde, sanottiin heistä kahdesta, kun he alkoivat tapailla toisiaan. Leikkimielinen lausahdus, mutta olihan siinä totta toinen puoli. Menninkäinen, tai mörrimöykky, olisivat suoraan sanoneet. Miehen luonne tai olemus nyt vain ovat synkkämieliset. Kyllä hän sen tyttöystävällekin selväksi teki heti alkumetreillä. Apeus ja alavireisyys, jurottaminen omissa oloissaan, elämän kokeminen raskaana – miksi pitäisi olla niin helkutin positiivinen, iloinen, kepeä, kun mikään ei ole kepeää? Keskivaikea masennus, totesi työterveyslääkäri, eikä diagnoosi häntä yllättänyt. Paskaahan tämä elämä on ollut, ja on. Mihin se siitä muuttuisi?

Vaimolle kaikki on helppoa, mutkatonta, höyhenenkevyttä. Jo seurusteluaikoina tämä solahti kuin kala veteen, kun käytiin katselemassa myös toisenlaisia porukoita. Toisaalta se oli ihailtavaa, toisaalta hän kadehti naista. Mistä kumpusi se avoimuus, tai itseluottamus, jolla tämä kohtasi itselleen uusia, vieraita ihmisiä? Sellainen luottavainen lapsenusko, jolla mennä porskutetaan kaikenlaisissa vesissä. Ei vain häneltä onnistu, kun oma sydän on musta ja syntikuorma painaa maahan asti.

Vaimon suku on läpeensä "iloisia evankelisia", arvostettava hengellinen perintö toki. Mutta itselleen mies ei pysty sitä omaksumaan. Hän on tottunut tiukempaan uskonharjoitukseen, selkeisiin sääntöihin ja kieltoihin, ei tällaiseen "Pikkulintu riemuissaan, lauleleepi onneaan" -mentaliteettiin. Valkea on valkeaa ja musta on mustaa, niin maailma pelaa. Siitä on leikki kaukana.

Mies hakee jääkaapista uuden oluen, sytyttää tupakan ja kääntää levylautasella pyörivän vinyylin. Hän siirtyy nuoruutensa ärhäkkään, jykevään rokkiin, joka tempaa jälleen mukaansa ja nostaa vedet silmiin. Lynyrd Skynyrdiä, tinkimätöntä tilitystä Pohjois-Amerikan etelävaltioista, tarinoita vääryyksistä, kovista ihmiskohtaloista sisällissodan melskeissä.

Voiko ihminen kaivata johonkin toiseen aikaan ja paikkaan historiassa? Vaikka ei ole siellä koskaan itse elänyt? Jotenkin mies tuntee kuuluvansa 1860-luvun etelävaltioihin, Alabamaan, Mississippin jokivarsille, pehmeästi murtavien, köyhien ja alistettujen asukkaiden pariin. Häntä raastaa se epäoikeudenmukaisuus, ne julmuudet ja vääryydet, joita nämä joutuivat kokemaan. Mies jakaa sen tuskan, kuin olisi itse yksi heistä.

97

Sweet home Alabama, mies hyräilee karheasti ja kuivaa silmäkulmaa hihaansa. Hän käy heittämässä tyhjän oluttölkin roskikseen, niiskaisee. Sihauttaa auki uuden tölkin. Turha ihmisen on pyristellä isompiaan vastaan, mies tuumii. Se on niin nähty. Aika vähän on elämässä hyviä kortteja jaettu. Hänelle todellisuus on karua, tummasävyistä, ilotonta ja täynnä vastoinkäymisiä. Hän kyntää syvissä vesissä. Jo lapsuudessa elämä näytti kylmät kasvonsa.

Ei heillä kotona ollut varaa mukavuuksiin, äiti teki kahta-kolmea työtä, kävi piikomassa ja siivosi rikkaiden asuntoja. Niissä hänkin kulki pikkupoikana mukana. Isä jurotti kammarissaan, veti norttia ja kallisteli taskumattia minkä kerkesi. Kun isä sitten jossain vaiheessa lopetti viinanjuonnin, ja lähti omille teilleen, mutsi aloitti. Ottikin heti roimalla kädellä. Tokkurassa koputteli harjanvarrella kattoon ja juoksutti häntä milloin tupakin, milloin hotapulverin hakuun. Päänsärkyisenä hänkin koitti koululäksyjään savuisessa keittiössä tehdä. Ei siihen kotiin tehnyt mieli kavereita tuoda. Hävetti kaikki.

Niin että ei se lapsuus kovin ruusuista ollut, eikä seesteistä. Mutsin raivokohtaukset pahenivat, ja krapulassa se katui kaikkea, kyynelehti ja pussaili häntä, silitti rakkaan kuopuksensa silkohapsia. Isotveljet olivat jo muuttaneet pois kotoa, hän oli ainoa tuki ja turva, keskenkasvuinen poika. Ei muuten onnistuisi nykypäivänä tuo tupakanhaku, ei taitaisi lastensuojelu katsella muutenkaan vastaavaa touhua. Naapurit saattoivat silloin jotakin tuumailla, mutta kukaan ei puuttunut asioihin. Mitäpä olisivat voineetkaan? Eivätkä köyhän duunariperheen olot olisi naapurin tehtaanomistajaa kiinnostaneet. Köyhät on köyhiä, ja köyhinä pysykööt. Vaimon perhe ja suku on toista maata. Niillä on jotenkin niin auvoista. Eiväthän nekään mitään äveriäitä ole, joku kauppias ehkä joukossa, mutta pientilallisia monet, vaimon vanhemmat muun muassa. Tavallisen oloisia ihmisiä, perushämäläisiä maajusseja ja käsityöläisiä, joukossa muutama Karjalan evakko, appiukko muun muassa. Jotenkin mutkattomasti he ovat toistensa kanssa tekemisissä, milloin missäkin kokoonpanossa tai tarkoituksessa.

Miehen on vaikea ymmärtää, miksi tuossa suvussa vallitsevat niin tiiviit keskinäiset suhteet, avoimet ja lämpimät. Ikään kuin jokin näkymätön side yhdistäisi heitä toisiinsa. Eivät kaikki tietenkään ole yhtä puheliaita tai leikkisiä, appiukkokin on hiljainen, mutta silti. Samaan piiriin tämä kuuluu, olkoonkin eri taustainen ja luonteinen. Miten hän on lunastanut paikkansa?

Tuntuu, kuin hän katsoisi näitä ihmisiä lasin takaa. Hän näkee heidät kyllä, mutta himmeinä, ja kaikki puhe kuuluu vaimeana, hän ei saa siitä kiinni. Päällimmäisenä lasista heijastuu hänen oma kuvansa. Eikä hän pidä näkemästään.

Takaisin kotiin

Teemu seisahtaa epäröiden väkeä kuhisevan jäähallin takaosaan ja katselee ympärilleen. Ihmisiä rupattelemassa vilkkaasti keskenään, osa seisoskelee pienissä ryhmissä, osa on jo asettunut paikoilleen. Jotkut suuntaavat kohti hallin etuosaa, toiset kiipeävät katsomon penkkiriveille. Yllättävän paljon nuorta porukkaa, lapsiperheitä ja nuoria aikuisia, Teemu havainnoi. Hän toteaa itse siirtyneensä keski-ikäisten joukkoon. Niihin, jotka ennen tuntuivat vanhoilta. Vaa'an kieli on keikahtanut.

Teemu tunnistaa joitakin kasvoja etäisesti, nimiä pulpahtelee mieleen. Opiskeluaikaisia tuttavia, nuorten porukoista tuttuja, silloin joskus kauan sitten. Eikös tuo tuolla ole Veke, Pohjanmaalta kotoisin, Vetelistä tai Ilmajoelta? Veke selostaa jotakin kädet heiluen, ja tuttu leveä nauru raikuu tänne asti. Veken kanssa vedettiin joskus nuortenilta, silloin kun opiskelijaseurakunta oli kaikki. Se oli koti, jossa jokaisella oli paikka.

Lapsuudesta tuttu laulu kajahtaa salin täydeltä: *"Sä kuljet seurassa Jeesuksen, sen kertoo*

100

katseesi riemuinen, sen kertoo laulusi helkkyvä vaik murheen kyynelten keskellä."

Sovitus on tuore, Teemu ei ole ennen kuullut Siionin kannelta soitettavan bändin johdolla, näin monin soittimin, vetävästi. Melodian haikea kauneus ei silti ole kadonnut minnekään.

Laulu poraa reiän hänen sydämeensä, korventaa kuumasti sisuksissa, nostaa vedet silmiin.

Kaikki nämä vuodet, kaikki surut, pettymykset, mitättömyyden tunne ja välimatka kutistuvat pieniksi sykkiviksi pisteiksi, kunnes katoavat jonnekin. Jäljellä on vain tämä hetki.

Jo vuosikaudet hän on ollut etäällä näistä ihmisistä ja asioista, ajautunut ulkopuolelle. Tai oikeastaan: itse hän on itsensä ulos ajanut.

Tulevaisuus näytti kerran niin kirkkaalta, edessä avautuivat avarat ulapat. Mutta virta tempasi pyörteisiinsä, peitti alleen, ja vene karahti karikoille.

Hän oli kerran avoin korkeille, puhtaille tavoitteille, hän uskoi Jumalan suunnitelmaan elämässään. Sitten kävi niin kuin kävi, eikä hän lopulta enää jaksanut uskoa mihinkään. Varsinkaan armoon, joka häneen ulottuisi.

Mutta nyt hän on tässä. Silmiin jostain osunut mainoslause "Takaisin kotiin" oli kuin raottuva ovi. Jäähallille voisi piipahtaa kuin kuka tahansa utelias. Ei hän ollut tilivelvollinen kenellekään. Elämä ei kummoisia polkuja tarjonnut, ei aiemmin, eikä varsinkaan nyt.

Äidin kuolema vuosi sitten oli isku. Sen jälkeen hän ei voinut olla ajattelematta näitä asioita jälleen, vuosikausien perästä. Hänen sisimpänsä huusi lohdutusta, merkitystä, suuntaa. Kuinka paljon äiti olikaan poikansa puolesta rukoillut, kaikkien lastensa. Hän oli ollut läheisin, iltatähti, viimeisin kotipesästä lentänyt.

Heillä oli äidin kanssa paljon yhteistä: huumori, herkkyys, suorapuheisuus. Kun hän sitten lähti opiskelemaan, sai työpaikan toiselta paikkakunnalta ja tapasi tulevan vaimonsa, välimatka luonnollisesti kasvoi. Mutta ei sen olisi tarvinnut katkaista yhteyttä. Se katkesi ihan muista syistä.

Miia oli erilainen, hän ei vastannut vanhempien odotuksia. He olisivat toivoneet toisenlaista miniää, toisenlaista äitiä tuleville lapsenlapsilleen. Perinteisempää, lempeämpää, vähemmän kulmikasta. Miiassa Teemuun vetosi juuri se, että hän uskalsi olla avoimesti eri mieltä, kysyä ja kyseenalaistaa. Miialle eivät suvun arvot olleet pyhiä, ei itse asiassa mikään. Pahinta kaikessa ehkä oli kuitenkin se, ettei Teemu osannut enää nähdä hengellisen perintönsä merkitystä itsekään. Hän ikään kuin hylkäsi isiensä uskon, ainakin käytännössä, vaikkei sydämessään. Tämä oli vanhemmille kova pala.

Kumpaakaan heidän lapsistaan ei kastettu. Miia piti päänsä, vedoten siihen, että näillä toki olisi vapaus aikuisina itse valita, mitä tekevät. Teemua hän ei suostunut kuuntelemaan.

Juuli oli koliikkivauva ja huusi yöt läpeensä. He olivat molemmat aivan uupuneita, ja riitaa tuli tietysti pienestäkin. Teemun äiti ehdotti, että Joona voisi tulla mummolaan yökylään, ja ihme kyllä, Miia suostui. Kun poika sitten kolmivuotiaan innolla kotona selosti isosta valaskalasta, joka kerran nielaisi vatsaansa Joona-nimisen sedän, Miia roihahti. "Se on loppu nyt, tajuatko? Näitä satuja ei meidän lapsille enää kerrota." Välirikko vanhempien ja vaimon välillä oli väistämätön. Se vaikutti häneenkin, totta kai. Alkuun hän oli seissyt vaimonsa vierellä, sydän vereslihalla, kun näki äitinsä surun. Pettymys, menetys, ikävä kasvattivat tuskaa salakavalan hitaasti. Keskusteluyritykset kilpistyivät kerta toisensa jälkeen. Miian uhma lujittui ja muuttui piinkovaksi periksiantamattomuudeksi.

Teemun vanhemmat jättäytyivät kauas heidän elämänpiiristään, hiljaisesti surren sitä, etteivät saaneet seurata lastenlastensa kasvua ja pitää heitä lähellään. Teemuun koski myös se, että Joona ja Juuli jäivät vaille isovanhempien syliä. Soiteltiin kyllä silloin tällöin, mutta tapaamisiin ei Miia taipunut. Hän ei sallinut appivanhempiensa haitallista hapatusta lapsilleen, jotka olivat herkässä kasvuiässä, kuten Miia sanoi.

Vaivihkaa Teemussa alkoi kasvaa katkeruus ja viha. Mikä oikeus Miialla oli sanoa, mitä hänen vanhempansa saavat lastenlastensa kanssa tehdä, tai mitä eivät? Jos usko enkeleihin tai maahisiin tai maan energiavirtoihin on hänelle tärkeää, yhtä todellista on vanhempien usko Jumalaan ja Jeesukseen. Miksi olisi vaarallisempaa altistaa kasvava lapsi tälle uskolle kuin Miian omalle, kaiken sallivalle henkisyydelle? Vaikka Teemu itse horjui uskon ja epäuskon rajamailla, hän ei voinut nähdä kristinuskoa haitallisena. Olihan hän itsekin kasvanut sen turvallisessa piirissä. Millä oikeutuksella Miian kasvatusideologia sai jyrätä tieltään muut näkemykset, ne, joita tämä piti vahingollisina ja valheellisina? Ristiriidat kasvoivat ja jäytivät heidän liittoaan. Lopulta mikään, mitä he yrittivät, ei sujunut. Kaikki kilpistyi erimielisyyden ja vihan muuriin. Kävivät he toki pariterapiassakin, mutta siitä ei ollut apua. Teemu ei enää välittänyt. Hän ei löytänyt tahtoa yrittää yhdessä eteen päin. Ei varmaan Miiakaan. Vaikka he olisivat tarponeet hetken samaa latua, he katsoivat jo eri suuntiin.

Teemusta oli huojentavaa, kun lusikat lopulta pantiin jakoon. Hän oli toki pettynyt elämäänsä, omiin valintoihinsa ja kykenemättömyyteensä, mutta ero oli helpotus. Enää ei tarvitsisi taistella. Omaa mielipidettä ei tarvitsisi enää perustella ja puolustaa; saisi vain olla ja hengittää.

Mutta lasten huoltajuuskiistan hän hävisi. Se oli raskain koettelemus. Hyvin hän olisi lapsiaan hoitanut, vuoroviikoin, kuten oli toivonut. Ei hän isänä mikään mallikappale ollut, mutta riittävän hyvä kuitenkin. Joona oli vasta kuusivuotias, aloittaisi koulun syksyllä. Isän läsnäolo pojan arjessa olisi tärkeää. Juulin uhmaikä oli haastava heille molemmille, mutta Teemu arveli selviävänsä tilanteista Miiaa paremmin, sillä hän osasi olla tarpeen tullen jämäkkä vanhempi. Miialla meni helposti hermot, ja hänen impulsiivisuutensa aiheutti joskus turhia kupruja.

Tähän kuitenkin oli tultu. Teemu oli menettänyt perheensä. Kipua oli vaikea jakaa kenenkään kanssa. Hän ei osannut siitä kertoa äidilleen eikä

isälleen, olivathan he jo taipuneet osaansa taka-
alalla. Myös ylpeys esti ottamasta heihin yhteyttä.
Kuin lumituiskussa, hän painoi päänsä kyyryyn,
kiskoi takkia tiukemmin niskaansa ja puski päin
tuulta. Antoi sen kirvellä ja piiskata kasvojaan.
Vuosi sitten loppusyksystä hän oli saanut soi-
ton isältä. Tämä oli ollut harvasanainen, takellellut
ja kuulostanut hätääntyneeltä. Äiti oli joutunut sai-
raalaan. Ankaraksi kehkeytynyt yskä oli mennyt
keuhkoihin, ja kuume oli noussut. Äidin tila heik-
keni nopeasti. Ennen kuin tajusikaan, Teemu sei-
soi äidin kuolinvuoteen ääressä siskojensa
kanssa.
Äiti piti silmiään kiinni ja hengitti raskaasti. Käsi
puristi Teemun rannetta, ote oli tutun luja, mutta
jollain tapaa jo toisenlainen, hauras. Sisaret istui-
vat toisella puolen sänkyä, isä seisoi vieressä äi-
din hiuksia silitellen. Äkkiä äiti avasi silmänsä ja
katsoi heitä kaikkia vuoron perään. Ne olivat yhä
suuret, tummat ja kauniit silmät. "Taivaassa tava-
taan", äiti sanoi hiukan käheästi, ja silitti toisella
kädellään Teemun kättä. Sitten hän henkäisi kevy-
esti ja sulki silmänsä.
"Äiti!" Teemu parahti. Siskot alkoivat nyyhkyttää
toistensa kaulassa, isä riisui silmälasinsa ja
kuivaili silmiään. Aataminomena nousi ja laski kii-
vaasti. Teemu ei voinut estää itkua, joka purskahti
hillittömänä niin että rintaan sattui. Hän ei olisi mil-
lään halunnut vielä päästää äitiä lähtemään.
Hautajaiset olivat kauniit, äidin sisarukset per-
heineen kokoontuivat seurakuntatalolle laula-
maan ja muistelemaan. Laulettiin äidin mielivirsiä

ja -lauluja Siionin kanteleesta. Osa niistä oli vie-
raampia, monet kuitenkin jo lapsuuskodista tut-
tuja. Sydämen täytti viiltävä ikävä. Minne, sitä
Teemu ei osannut sanoa.

Teemu saattoi kuulla äidin heleän sopraanon,
kun tämä silmät kirkkaina aloitti:
*"Sä kuljet seurassa Jeesuksen, sen kertoo kat-
seesi riemuinen".*

Oli kuin äiti olisi nytkin seissyt heidän luonaan,
astunut keittiöstä kakkuvadin kanssa ja rempse-
ään tyyliinsä kehottanut: "Ottakaa nyt lapsikullat,
älkää kursailko!"

"Ai, anteeksi!" Teemu tuntee olkavarressaan töy-
täisyn, joka havahduttaa hänet tähän hetkeen.
Nuori perheenisä virnistää anteeksipyytävästi sa-
malla kun pitelee sylissään venkoilevaa pikkupoi-
kaa. Iloisesti mekkaloiva perhe työntyy Teemun
ohi ja tämä päättää nopeasti asettua alas. Jäähalli
on alkanut täyttyä.

Teemu löytää paikan hallin keskivaiheilta, rivin
päästä. Ystävällisesti hymyilevä nuori nainen siir-
tää laukkunsa viereiseltä penkiltä maahan. Teemu
nyökkää ja kääntää katseensa eteen isolle näyttö-
taululle, jonne laulun sanat heijastetaan. Kätevää.
Ei haittaa, vaikka ei omistaisi laulukirjaa tai ei huo-
mannut ottaa sitä mukaan. Viistosti edessä istuu
vanhempi pariskunta, rouva pitelee kovakantista
nuottipainosta käsissään. Hartioita peittää puna-
ruskea villakankainen huivi, samanlainen kuin äi-
dillä oli.

106

Tilaisuuden nuori juontajapari astuu lavalle, tyttö ja poika, tuskin paljon päälle kahdenkymmenen kumpikaan. He jutustelevat rennosti ja luontevasti, kuin olisivat aina esiintyneet ison yleisön edessä. Myös seuraava puhuja on nuorehko mies, ja hänessä on jotain tuttua. Sukunimi ja olemus, Teemu tunnistaa, tuo mies on varmasti entisen nuorisopastorin jälkeläinen.

Uusi sukupolvi on tosiaan tarttunut kapulaan, edellinen on väistynyt. Jollakin tavoin se tuntuu hyvältä, samaan aikaan hämmentävältä.

Mutta laulut ovat samat, lämpö on sama ja sanoma niin kuin ennenkin. Teemun sisimpään hiipii varovainen riemu: "Olen ollut poissa, mutta nyt olen palannut kotiin."

Äkkiä Veke seisoo hänen vieressään, tuttu leveä hymy valaisee yhä poikamaiset kasvot. "Terve Teemu, ookko se tosiaan sää? Onpa mukava nähhä, mitä sulle kuuluu?"

Hän, jota ei enää ole

Marraskuu 1959

Pikku-uutinen maakuntalehdessä kertoo niukoin sanoin sen, minkä Reino jo tietää, vaikkei vieläkään ymmärrä. Tieto paiskattiin hänen tajuntaansa eilen, äkkiarvaamatta, varoittamatta. Se tuli päälle viiltävänä huutona, tuskana ja epätoivon kyynelinä. Kuin musta säkki olisi heitetty heidän ylleen, tai heidät olisi viskattu pimeyteen, josta ei paluuta ole. Kun poliisit tulivat pihaan, Hilja tiesi jo. Hän tuli ulkorappusille vastaan, seisoi siinä suorana kuin sotilas, piteli jauhoisella kämmenellään sydänalaansa jo ennen kuin sanaakaan oli vaihdettu. Surusanoman tuojat joutuivat todistamaan, miten tuo vahva nainen, kahdesti evakkotaipaleensa kulkenut, nyt sortui parahtaen. Reino, joka oli ollut puita pilkkomassa saunan luona, riisui hiestyneen karvahatun päästään, tarttui äitiään käsipuolesta ja piteli vapisevaa naista pystyssä.

"Näkyvyys oli sumun takia ollut huono, radan ylittävä tie kuurainen. Mitään ei ollut tehtävissä. Poikanne kuoli välittömästi, miniänne menehtyi vammoihinsa sairaalassa, tajuihinsa tulematta."

"Vainajat ovat lääninsairaalan ruumishuoneella, voitte mennä heitä katsomaan heti kun pystytte," toinen poliisi sanoi. Ääni oli painuksissa. Joka päivä ei tällaisia uutisia sentään tarvinnut tuoda. Eikä siihen koskaan tottuisi. "Otamme vielä osaa", poliisit nyökkäsivät hiljaa. Sitten he lähtivät.

Tummansininen Saab kääntyi loivan mutkan kautta pihasta pois, hidasti ennen ylikäytävää, pysähtyi siihen kuin huutomerkki ja ylitti sitten radan. Reino jäi tuijottamaan auton peräpuskuria, kunnes tietä varjostavat kuuset nielaisivat sen. Etelästä kaartavan tavarajunan kolke tärisytti tutusti taloa ja sai ikkunalasit helisemään.

Reinon korvissa suhisi ja sydän takoi kipeästi. Ei siitä ollut kuin muutama tunti, kun hän halkokasan luota heilautti kättä isoveljelleen tämän noustessa nuorikkonsa kanssa autoon. Skoda oli Väinön ensimmäinen auto, tehtaalta saaduilla tienesteillä hankittu, ja veli oli siitä ylpeä. Nuoripari oli kaupunkiin lähdössä, molemmilla hymy suupielessä. Reinolla oli puu-urakka edessä, isä-Vihtorista tuskin saisi kaveria. Juomapäivän jälkeen Vihtori oli entistäkin vaisumpaa poikaa, ja päätyöksi jäi pysytellä poissa tomeran vaimon jaloista.

"Voi herraisä, herraisä, mite hyö silviissii, Väinö on ain nii tarkka ja siivo poika", Hilja sopersi pu-

sertaen kyynelien ja leipäjauhon sotkemaa esilii-
naa vahvoissa sormissaan. "Mie en voi millää kä-
sittää."

"Mite myö ennää täst selvitää. Kaik meiltä viiää,
mittää ei oo jälel", Hilja vaikeroi, puhuen enem-
mänkin itselleen, mitään näkemättä, tajuamatta.

"Jos sie äiti vaa tahot, ja millo kykenet, myö voi-
jaa männä sairaalal Väinöö ja Ainii kassomaa",
Reino sanoi.

"Tulloo mitä tulloo, pakko meijä on sinne läh-
tiäkkii. Tottaha myö männää", Hilja toisteli.

"Leppää sie nyt ensittäikii, mie käyn laittamas
tulet tuppaa. Jos istutaa alas ja juuaa kahvit, vai
mitä", Reino yritti, mutta sai kipunoivan vastalau-
seen:

"Ei myö vissiikää käyvä makkaamaan, ei sun-
kaa. Ko miun poikan makkaa kylmän ja kuolleen,
jo on siit lysti kaukan." Ja Hilja herähti lohdutto-
maan itkuun. Se nousi ja laski kuin vuolas, ehty-
mätön virta. Kuin Vuoksi kotona Kannaksella. Sen
voima pelotti Reinoa, eikä hän tiennyt, miten olla.

Reino taittelee sanomalehden kiinni ja työntää sen
pöydällä lojuvan Maaseudun Tulevaisuuden alle.
On edes jonkun tunnin poissa silmistä. Hilja tuskin
nyt kaipaa päivän lehteä. Ehtii noihin uutisiin vielä
uppoutua. Vihtori taas kupeksii jossain, lieneekö
lähtenyt maita ja soita mittailemaan. Pitäisi uutta
peltoalaa keväällä raivata, kun ei tämä tilkku oi-
kein riitä karjaa ja koko perhettä ruokkimaan.

Tai nythän heitä on enää neljä, Reino tajuaa. Ja pian hän on pojista ainoa, joka tässä muonavahvuudessa enää elelee. Sulo, joka on pari vuotta nuorempi, aikoo kaupunkiin. Sulo sai lakin viime keväänä ja suorittaa nyt asepalvelustaan. Opiskelupaikka pääkaupungissa odottaa, ja sen myötä kaupunkilaiselämä, joku toimistovirka. Sulo on siitä puhunut jo pitkään, häntä eivät maalaiskylän ympyrät kiinnosta.

Reino on käynyt kansakoulun, ei sen enempää. Ensimmäistä kertaa evakkoon lähtiessä hän oli kahdeksan, toisen lähdön aikaan juuri täyttänyt kaksitoista. Kiertokoulua ehti käydä jokusen vuoden niillä paikkakunnilla, joihin perhe asutettiin. Mutta aika hajanaista se koulunkäynti oli.

Reinon onni oli, että hänen muistiinsa asiat tarttuvat helposti. Erityisen mieluisia olivat laskento, historia ja luonnontieto. Hänellä olisi lukupäätä, sanoi kuudennen luokan opettajakin. Kaikkia ei voi kuitenkaan kouluttaa, se oli selvää. Ratalan pojista vain yhdellä oli siihen mahdollisuus. Niinpä Sulo pääsi oppikouluun.

Väinö vanhimpana oli ollut muutaman vuoden töissä tehtaalla, mutta tarkoitus oli ottaa tilan isännyys heti kun Vihtorista olisi miestä tekemään luovutuskirjat. Hilja se käytännössä oli, joka hoiti isännyyttä - riuskan emännöinnin ohella - ja apunaan hänellä olivat pojat. Reinokin oli jo viidentoista ikäisenä ohjannut hevosta ja heinäkärryjä, sekä kuljettanut lypsykarjaa lainalaitumelle toiselle puolen kylää. Ei siinä ehtinyt opiskeluista haaveilla. Tienestejä voisi hankkia sokeritehtaalta, jossa on syksyisin tarvetta työvoimasta. Sinne hän on aikonut isoveljensä perässä pestautua.

Reino vetää saappaat jalkaansa ja painaa oven takanaan kiinni, ennen kuin äiti ehtii tupaan. Rappusilla hän henkäisee syvään, antaa katseensa lipua aukean peltomaiseman yli. Marraskuun hyinen ilma virtaa sisuksiin ja turruttaa siellä tuntuvaa kirvellystä. Helpottaa edes hiukan.

Kesä 1960

Nuorukaiset puuskuttavat hengästyneinä, rintakehät kohoilevat kiivaasti. Reino taittuu kaksinkerroin ja nojaa polviinsa, koittaa tasata hengitystään. Sintosen Arvi läiskäisee häntä toverillisesti olalle ja huohottaa:

"Varmastikkii uus ennätys, oot sie Reino aika epeli! Nii kova menijä, jotta."

Muutkin kisatoverit tulevat onnittelemaan. Urheilukentän laidalla seisova yleisö huutaa ja taputtaa. Reino pyyhkäisee vaistomaisesti katseellaan väkijoukkoa hakien sieltä tuttuja kasvoja, kunnes tajuaa. Eihän Väinöä ole enää. Väinö on kuollut.

Vielä viime kesänä he juoksivat tällä kentällä rinta rinnan. Iltaisin, navettatöiden jälkeen lähdettiin treenaamaan. Paikallisen nuorisoseuran kentällä on tullut ratakierroksia unissaankin vedettyä. Reinon päämatka on neljäsataa metriä, Väinön kasisatanen ja tonni.

Kentälle kokoontuu usein nuoria juoksemaan, hyppäämään pituutta tai korkeutta, heittämään keihästä tai kiekkoa, työntämään kuulaa. Mukana

112

on yhtä lailla hämäläiskylän poikia kuin heitä Karjalan siirtolaisiakin. Paikalliset heittävät joskus herjaa evakoiden vikkelistä kintuista, mutta se ei ole ilkeämielistä naureskelua. Heidät on otettu mutkattomasti joukkoon, ja heissä on monta lupaavaa urheilijaa. Hiljaisenoloiset hämäläistytöt myös tuntuvat tykkäävän vilkkaista karjalaispojista.

"Kai sie lähet Reino huomeniltan tantsuihin?" Arvi kysyy kiskoessaan verryttelypusakkaa päälleen.

Urheilukentän vieressä on tanssilava, ja sen suosio järven tuntumassa on taattu. Täällä Väinökin Aininsa pari vuotta sitten tapasi, ja se oli menoa se.

"En mie taija", Reino tuumaa vaisusti. "Mikset sie taija? Mikä muu on nii tähellistä? Lähtisit vaa, sinne tulloot kaik jotka kynnelle kykenee", Arvi vielä yrittää.

Reino ei sano mitään. Hän painelee rantaan. Kuuluu vain molskahdus, ja mies on järvessä, veden viileässä syleilyssä.

Lypsyjakkara natisee, kun Hilja asettuu Omenan ja Kielon lämpimien kylkien väliin. Omena kääntää päätään laiskasti ja mulkaisee lypsäjää leuat jauhaen. Hilja nappaa utareista, ryhtyy rytmikkäästi vetelemään niitä vuorotahtiin ja maito alkaa suihkuta peltiseen ämpäriin. Saatuaan kaikki utareet tyhjiksi, hän nousee ähkäisten jakkaralta ja oikaisee kivistävää selkäänsä.

Missä se Reinokin viipyy, luulisi jo urheilunsa tältä päivältä urheilleen. Ei kaiketi sinne kentälle turhanpantiksi jäädä norkoilemaan. Kotona on työtä riittämiin, ei tästä muuten selvitä. Vihtorista on turha apumiestä odotella. Tallukka, mikä tallukka.

Syksy 1960

Sokeritehtaan makea lemu leijuu kotipihan ja ympäröivien peltojen yllä. Syksyinen aamu on vielä tummanhämärä, kun Reino painaa ulko-oven takanaan kiinni. Salkussa on eväät: kahvitermos ja maitopullo sekä muutama reilu leipäviipale voipaperiin käärittynä. Niillä pärjää hyvin vuoron loppuun. Kotiin tultua voi vatsansa täyttää muorin paistamilla perunapiirakoilla. Saattaisi vielä olla eilistä marjakiisseliäkin, oman puutarhan viinimarjoista ja karviaisista keitettyä. Sen suurempaa herkkua ei Reino tiedä.

Kaikki on periaatteessa hyvin. On evästä, työ tehtaalla, kelpo auto alla, toimivat keuhkot ja lihakset, joita vielä vähän kivistää eilisen juoksulenkin jäljiltä. Kuitenkin - kääntäessään avainta Opelin virtalukossa Reino tuntee epämääräistä, kytevää kiukkua. Hän pyyhkäisee takinhihaansa kosteuden ikkunalasista ja tarttuu kylmännihkeään rattiin. Perhana. Reino starttaa pihasta äkäisesti, niin että sora sinkoilee takapyörien alla.

Hän ei vilkaisekaan navetalle päin. Lehmät siellä jo kohta karsinassaan mölisevät, kun Hilja

114

lähtee aamulypsylle. Lannanhaju, elikoiden lais-koina viuhtovat hännät ja suuret, kosteat silmät seuraavat itsepintaisesti Reinoa, vaikka tämä ajaa vimmaisesti poispäin. Sillä täältä hän ei ikinä pääse irti, tänne hänen on palattava. Väinön piti ryhtyä tilan isännäksi, niin oli ollut puhe. Mutta kaikki muuttui yhdessä silmänräpäyksessä.

Ajomatka tehtaalle ei kestä kuin parisenkymmentä minuuttia. Sinä aikana Reino ehtii päästellä muutaman ärräpään, ja olo hiukan tasaantuu. Jos hän polttaisi, nyt olisi nortin paikka. Hermosavut voisivat auttaa. Mutta ei ole tullut edes kokeiltua, vaikka on tarjottu.

Muita aamuvuorolaisia valuu tehtaan portista jonona sisään ja pukukaapeilla miehet tervehtivät vähäeleisesti toisiaan. Joskus Väinön kavereita sattuu kohdakkain, tänään ei onneksi yhtään. Reino ei tiedä, mitä sanoa heille, eivätkä he osaa vaivautumatta kohdata häntä. Urheillessa saa olla yksin. Tehtaalla on oltava koko ajan tekemisissä toisten kanssa.

Jokainen Väinön tuntenut työkaveri on elävä muistutus isoveljestä. Se nostaa tuskan ja ikävän pintaan. Ja epämääräisen tyhjän olon.

Tunteiden sekamelska riipoo. Kaipaus ja suru menetetystä isoveljestä, viha kaiken epäoikeudenmukaisuudesta. Katkeruus siitä, ettei Vihtorista ole miestä perheenpääksi, ei tukijaksi eikä tekijäksi. Reino ei osaa sanoa, mikä on pahinta.

Sen hän kuitenkin tietää, että nuo tunteet on pidettävä sisällä. Yhtään enempää hän ei voi äitinsä kuormaa lisätä. Äiti on saanut kestää niin paljon.

Hän on menettänyt kodin ja rakkaan kotiseudun Karjalassa, kulkenut raskaan evakkotaipaleen kahdesti, yhä uudelleen rakentanut elämänsä sinne minne on osoitettu. Ja viimeisimpänä, kovimpana iskuna, menettänyt esikoispoikansa. Reino ajattelee, ettei hänellä ole oikeutta purkaa omaa lastiaan Hiljalle. On vain purtava hammasta ja tartuttava töihin, vaikka olisi samaan aikaan vimmatun vihainen. Hänen on jaksettava, koska äidinkin on pakko jaksaa. Kauheinta olisi, jos Hilja murtuisi. Sitä ei tohdi edes ajatella.

Antrea, Karjalan kannas 1938

Huikeansininen taivas kaartuu pilvettömänä tuoksuvan niityn yllä. Kärpäset surisevat, timoteit törröttävät päivänpaahteessa. Nokkosperhonen lentelee kuin huumaantuneena ruiskukkien, leinikkien ja koiranputkien keskellä. Sinistä, keltaista, tummanpunaista, valkoista, vihreän koko kirjo. Käki kukkuu kauempana koivikossa.

Pojat loikoilevat sileällä, kuumalla kalliolla ja imeskelevät heinänkortta. Laakea kallio sijaitsee loivassa rinteessä, keskellä röyhyävää kasvillisuutta. Se on oivallinen piilopaikka, suurin piirtein puolessa matkaa kotipihasta joen rantaan. Vuolaana virtaava Vuoksi väikkyy kylän laitamilla, sitä reunustavat koivikot ja viljaisat pellot. Kotiranta on hienon hiekkainen ja vesi kirkas.

Väinö sulkee toisen silmänsä ja tihrustaa taivaalle. "Näät sie Reino tuon pilvenmuhkuran? Se

on ko hevone, oikia villiorhi, harja pörhöllää, läh-
töö valmis? Näät sie?"

Pikkuveli nyökkää, ja laittaa myös toisen sil-
mänsä kiinni. "Mitä sie näät, kerro", Väinö usuttaa.
"Höyrylaiva männöö tuos, puksuttelloo iha hil-
jaksee. Nii komia laiva."

"Ai samalviisii ko myö nähtii Vuokse seläl viime
kesän? Muistat sie?" Väinö kohottautuu kyynär-
päittensä varaan ja antaa katseensa lipua edessä
kimmeltävälle leveälle joelle. On pakko varjostaa
kädellä silmiä, häikäisy on niin kova.

Reino ei ehdi sanoa mitään, kun Väinö jo ka-
rauttaa pystyyn, läpäyttää veljeään ilkikurisesti
sääreen ja säntää rantaan. Ruskeat, paljaat kintut
vain vilkkuvat.

"Mätämuna kuka viimonen vees!" hän huutaa
mennessään rinnettä alas.

"Väinö, älä jätä minnuu!" Reino kiljahtaa ja kir-
maa isoveljensä perässä. Pärskähdys ja molem-
mat pojat ovat kikattaen vedessä.

Sinun kätesi

aamuhämärässä aallot
tumman sinivihreät, korkeat
vaahtopäinä lyöden
vasten kovaa, karkeaa kalliota

tähtien kevyt tuike
himmenee, haihtuu, sulaa
valoon, joka nousee

ja maailma aukeaa

ja kaiken ylle piirtyy
näkymättömästä näkyviin
kerubien hohtava joukko

taivaankannen ylitse soivat
miljoonat pienet kellot
ja askelten pauhu

iäisyys tässä ja nyt
sinun kätesi
ja minun
            johon sinä tartut

ja minä tunnen sinut

Kiitokset

Syksyllä 2020 alkoi syntyä tekstejä, joissa joku kaipaa jonnekin tai jotakuta. Mieleeni piirtyi yhä uusia tunnelmakuvia, joita sävyttää kaipaus tai ikävä. Kirjoitusprojektini kulkikin pitkään nimellä Koti-ikävä. Tuo sana sisältää paljon merkityksiä ja ulottuvuuksia.

Koko elämänmatkamme on kaipaus jollakin tavoin läsnä. Ikävöimme kenties jotakin paikkaa tai aikaa, niitä ihmisiä, jotka elämäämme saimme tai niitä, joita emme saaneet. Kaipuu on kaunista, mutta se voi olla myös raastavaa. Perimmäisin kaipauksemme on Kotiin.

Ja kaiken tämän keskellä me elämme arkea jalat maassa. Uskomme, toivomme ja rakastamme.

Kiitokset kaikille teille, jotka uskoitte tähän projektiin ja sen eri vaiheissa autoitte minua eteenpäin: Tommi Aulasmaa, Marjaana Kanerva, Päivi Mattila, Kristiina Nurminen ja kirjoittamisen ohjaaja Martta Tervonen Kirjoittajaklubista.

Lapsuudenperheelleni ja kodille olen kiitollinen siitä turvasta, jossa sain kasvaa.

Ennen kaikkea olen kiitollinen Elämän antajalle. Hänelle jokainen meistä on kaivattu.

Vantaalla, tammikuussa 2022

Päivi Ollikainen